AF222426

Andreas Heßelmann

Zooming

Eine Annäherung

Bibliografische Information der
Deutschen Nationalbibliothek:
Die Deutsche Nationalbibliothek verzeichnet diese
Publikation in der Deutschen Nationalbibliografie;
detaillierte bibliografische Daten sind im Internet über
http://dnb.dnb.de abrufbar.

Herstellung und Verlag:
BoD – Books on Demand, Norderstedt

ISBN: 978-3-7568-4471-5

Lektorat und Korrektorat: Brigitte Bausch
Covergestaltung: Josef Günnewicht
Autorenbild: Rainer Simon

Flüsse und Meere kann man vermessen,
ein menschliches Herz nicht.
(vietnamesisches Sprichwort)

Nun war sie doch eingeschlafen. Erst als die Maschine sich im böigen Wind der Erde näherte und eher einem stark wankenden Bus auf einem ausgewaschenen Pfad glich als einem voll besetzten und ausbalancierten, landenden Flugzeug, wachte sie auf. Die letzten Fetzen eines Traumes, unscharfe, gesichtslose Gestalten, die darin nahezu bewegungslos hin und her schwebten, zerstoben wie die nebeligen Wattefetzen draußen vor dem kleinen ovalen Fenster. Geister aus einer unbekannten Zeit, aus einem oftmals wiederkehrenden Traum, der dann immer an derselben Stelle mit einem lautlosen, sonnengrellen Blitz endete und sie auch in den dunkelsten Nächten die Augen aufreißen und nicht wieder in den Schlaf finden ließ. Manchmal spürte sie schon mitten im Schlummer die nahenden Erscheinungen und versuchte sie in diesem unzugänglichen Raum voller Kopfgeburten und Fata Morganas festzuhalten und zu schütteln, um sie zur Rede zu stellen, damit sie ihr endlich die Bilder erklärten und das, was sie von ihr – ausgerechnet in den Nächten – wollten. Sie griff nach ihnen, sah dabei ihre eigenen Hände aber durch sie hindurchschlüpfen, ohne Halt, ohne Erfolg, ohne Antwort, weil spätestens dann häufig genug wieder ein Blitz den Spuk beendete und sie mit zittrigen Gliedern zurückließ. Der Schlaf war jedenfalls dahin. Zumindest für Stunden. Einem Kopfschmerz gleich machte sich eine widerliche Enge breit.

Oft flüchtete sie in solchen Momenten dann in ihre Toilette, in diesen kleinen Raum, eingerichtet wie eine heimelige Höhle, um Ruhe zu finden. Schloss sich in dieser ein und alles andere aus, wie um etwas zu beenden, und lauschte auf die Stimmen im Kopf, auf das Rauschen des Blutes, auf die Stille vor der Tür. Meist las sie dann ein Buch. Ablenkung pur, die manchmal funktionierte. Halb nackt auf der bunten Brille sitzend. Häufig diese ganzen wachen Stunden lang. Vor allem, wenn sie sich gänzlich allein im Hause wusste.

Jetzt aber war es kein Blitz, sondern nur ein Sonnenstrahl, der kurz vor Tagesende für einen kurzen Moment einen Weg durch die Wolken und das Glas auf den Sitz vor ihr gefunden hatte. Sie schaute aus dem kleinen und etwas verkratzten Fenster, in dem sich das Licht tausendfach brach. Weit entfernt unter sich erkannte sie durchhuschende Nebelfahnen und Wolkenfetzen, eine fransige Linie, die das graue und matt glänzende Meer mit vielen Kurven und Zacken durchzog. Es gab keine Konturen, kaum eine Farbe, nichts Besonderes, kaum etwas, das in einem der Reiseführer abgebildet war. Der Küstenstreifen dort unten war lediglich ein Küstenstreifen. Nichts weiter. Hier wie an jedem anderen Meer. Eine Linie, die nichts anderes trennte als zwei Elemente. Land und Meer, Erde und Wasser, festen Boden und eine schwankende, dumpfe Erinnerung, die seit jeher eingewickelt war in einen Alltag fernab von hier – und in den oft wiederkehrenden aufwühlenden

Stunden der Nacht einem fast greifbaren Marterl glich. In einer Sprache gesprochen, die das Unterbewusstsein verdrängen, den Kopf vielleicht sogar hatte verlernen lassen. Das mögliche Wiedererkennen war von ähnlich zähen Dunstschwaden verhüllt, wie die Sicht durch diese Wolkenbänder vor dem Fenster, die es in diesem Moment noch zu durchbrechen galt. Womöglich wäre ihr ansonsten aus größerer Nähe oder mit weniger Müdigkeit etwas bekannt, etwas anders genug gewesen, um in ihr ein altes, heimatliches Gefühl emporkommen zu lassen, das sie sich in den Wochen zuvor als tröstende Einstimmung gewünscht hatte.

Fast dreißig Jahre hatte sie *ihr* Land, ihre *Heimat* gemieden, war sie in diese Himmelsrichtung für einen Urlaub nicht weiter vorgedrungen als bis zu jenem Strand, an dem Leonardo DiCaprio hinaus aufs Meer geblickt und auf den Sonnenuntergang gewartet hatte. Dieser Strand damals hatte allerdings so viel Entferntes, so viel Fremdes, zu viel für die Touristen Zurechtmanipuliertes, dass er es seinerzeit nicht vermochte, eine verborgene Erinnerung aufzuwecken, mit der sie eine Annäherung hätte wagen können. Dieses Land damals war einfach nicht geeignet für eine erste Sehnsucht, die sich ergeben hatte, als sie von ihrem Onkel den Brief erhalten hatte. *Nguyệt thân mến, nhìn những gì tôi tìm thấy* ... Liebe Nguyệt, schau, was ich gefunden habe ... Und im Umschlag lag ein altes Schwarz-Weiß-Foto, auf dem eine junge Frau mit dunklen Haaren, weißer Bluse und schwarzer

Hose, somit fast westlich anmutend gekleidet, vorsichtig lächelte. *Mẹ của con* ... Deine Mutter ...

Ein erstes echtes, *das* erste echte Bild aus jener Zeit, das am Ende diese Reise provoziert, das eine Tür aufgestoßen hatte, von der sie noch keine Vorstellung besaß, in welche eigentlich altbekannten Räume voller Erinnerungen und längst vergessener Begebenheiten sie führen könnte.

Die Maschine sackte unvermittelt ein wenig ab und hinter ihr schlug etwas mit einem dumpfen Schlag im Gang auf dem Boden auf. Sie schrak zusammen. Ein hohler, kaum schallender Knall, der laut genug war, um an einem solchen Ort befremdlich und daher unangenehm zu sein. Eine volle Wasserflasche, die aus geringer Höhe auf einen weichen Untergrund fiel? Ein Buch? Ein übergeschlagenes Bein, das aus einer gemütlichen Haltung vom Knie abgerutscht war? Eine gespreizte Hand, die auf ein Polster klopfte, oder ein Schuss, der dunkel und gedämpft durch eine Straße schallte?

„Alles in Ordnung?"
Peter hatte seine Hand auf ihren Oberschenkel gelegt und schaute sie von der Seite durch schmale Augen besorgt und prüfend an. In den letzten Sekunden war ihr Blick nicht mehr auf die Landschaft unter dem Flugzeug gerichtet, sondern fixierte einen Knoten, der ein verrutschtes Nackentuch mit dem Sitz vor ihr verband. Nahezu hypnotisierend. Als ginge es darum, ihn zu lösen, wie einen Gordischen Knoten. Zunächst, weil sie

an ihren Onkel dachte. An das Foto und daran, alle zwei, drei Wochen zu ihm fahren zu müssen, um zusammen mit ihm Einkäufe zu erledigen, weil er trotz der vielen Jahre in Deutschland immer noch nicht genug Deutsch konnte, um es selbst zu tun. Von irgendwelchen Dingen aus der Vergangenheit wurde dabei nie gesprochen. Die Sprache, ein zerhacktes Sammelsurium aus Englisch, Deutsch und doch hartnäckig verwendetem Vietnamesisch und wilden Handzeichen ließ tiefere Gespräche erst gar nicht zustande kommen. Sollte es vielleicht auch nicht. Jedwede Erklärung für ein „Weißt du, damals" war jedenfalls dadurch ausgeschlossen. Und Bilder wie dieses Foto, die sie zwangen, sich mit genau diesem Damals auseinanderzusetzen, hatte er ihr bis zu diesem Brief nie gezeigt. Er beschwerte sich höchstens in diesem Kauderwelsch über sein Dasein, darin weder von seinen Kindern noch seiner Frau korrigiert – wie auch? Seine Kinder waren der Berichte über damals und der ständigen Rückkehrfantasien müde. Lién, seine Frau und ihre Tante, lebte in der Wohnung zurückgezogen wie in einer Höhle und die zwei Kinder hatten deutsche Freunde genug und flohen bei jeder Gelegenheit aus dem Haus. Nguyêt fragte sich jedes Mal, was ihren Onkel und die Tante in Deutschland hielt. *Ein thing ist for sure, ich will graben in Vietnam, not tolerate contradiction.* Eines ist sicher, ich werde mich in Vietnam begraben lassen, sagte er dann nur und: Ich dulde keinen Widerspruch.

Jetzt war es das Geräusch, der Knall, der Splitter einer Erinnerung, der sie zusammenzucken ließ. Ihr Blick war ernst und die Augenbrauen berührten sich fast unter der zusammengezogenen Stirn. Sie sah zu Peter und nickte ihm mit geschlossenen und müd wirkenden Augen zu.

„Du schaust gar nicht mehr hinaus!? Guck mal – da unten!"

Seine Hand löste sich von ihrem Bein und deutete auf mehrere, winzige, dicht beieinanderliegende Punkte auf dem breiten Fluss bis kurz vor der Mündung ins Meer.

„Dschunken", stellte sie tonlos fest, schüttelte unmerklich den Kopf und versuchte zu lächeln.

Mit einem Mal riss die Wolkendecke auf und ein breiter Kegel eines Sonnenstrahls beleuchtete so plötzlich und scharf wie ein Scheinwerfer ein großes Stück Landschaft unter ihr. Als sei ein Farbkasten ausgelaufen, war das vorher graue Draußen in fette Farben getränkt. Alles schien frisch gewaschen zu sein und wirkte im ersten Moment eigentümlich künstlich. Vor allem die unzähligen Grüns, das Spektrum und Farbenspiel der Schale einer fast reifen Mango, hatten eine Intensität und Schattierung, die Nguyêt nicht kannte, zumindest nicht aus ihrer jetzigen Heimat. Genauso wie die verschieden roten Dächer der Pagoden und Häuser, die dazwischen gesprenkelt waren. Wenn Dreidimensionalität eine Steigerung erfahren konnte, dann auf diesem Weg.

Mit der gleichen Geschwindigkeit wie das Flugzeug näherte sich der Strahl Hanoi und erfasste schon die Ränder der Stadt, beleuchtete das stärker werdende chaotische Meer aus Gebäuden, Schuppen, Tempeln, Hütten, Seen, Wasserwegen und Straßen. Dann war er verschwunden und das Grau hatte alles wieder eintönig gemacht. Keine Minute später berührten die Räder die Landepiste.

Erst jetzt schaute sie zuerst in den Gang, sah den Schatten einer Wasserflasche nach vorne rollen und dann mit zusammengepressten Lippen in Peters Gesicht. Der Knall war also nur eine Plastikflasche. Zufall, dass er zusammen mit ihren Gedanken an den Onkel geschah. Sie lächelte Peter an, ohne seine Hand zu berühren, beugte sich wieder ein wenig vor, um aus dem Fenster zu schauen.

Das Meer der unter ihr vorbeirasenden Stadt erzeugte für einige Augenblicke eine ungeduldige Woge, die die Passagiere und damit das Innere der Maschine erfasste. Die Stille wurde durch Gähnen, Recken und ein unverständliches Stimmenwirrwarr zerstört. Ein turbulentes Durcheinander – und letztendlich grauslicher Lärm. Nguyệt fühlte sich, vielleicht auch durch die Geschichte mit dem Knall, die sie mit diesem in dieser Sekunde in Verbindung brachte, nahezu tyrannisiert, unter Druck gesetzt. Um sich abzulenken, kramte sie dennoch nervös in ihrer Tasche, suchte etwas und fand nichts. Was auch? Plötzlich ging alles zu schnell. Zudem fühlte sie sich überrumpelt. Nun sollte sie also schon angekommen sein? Seit Wochen hatte sie sich doch genau darauf vorbereitet. Seit Wochen las sie Bücher, hatte sie alle Bildbände der Bibliothek durchgeblättert, um auf Vertrautes zu stoßen. Aber kein Bild, keine Zeile war in sie eingedrungen, rein gar nichts bei ihr angekommen, trotz der Freude, die sie unentwegt spürte und die nun trotz allem unbestimmt blieb. Alles war bisher so weit weg gewesen und gleichzeitig doch schon so vertraut.

In ihrem Kopf fiel alles nochmals übereinander her: die Prospekte, die Bücher, der Brief, das Foto, der Onkel, Tante Lién, das Kauderwelsch, Traumfetzen aus den Nächten, kleinste Erinnerungen, der Knall. Noch einmal schaute sie hinaus. Nun auf eher triste Gebäude und Hallen. Immerhin hatte man versucht, dem modernen Empfangsgebäude ein traditionelles Aussehen zu geben, das einigermaßen mit dem übereinstimmte, was sie über ihre Herkunft, die Dinge der ersten acht Jahre zu wissen glaubte.

Wie riesige aneinandergebaute und ineinander verschachtelte Pagoden, deren Zierrat an den Kanten der Dächer abhandengekommen war, sah es aus. Es gab keine Schnörkel, keinen Drachenkopf, keine wie sonst barock anmutende Schnitzerei. Nur das einheitlich rote Dach, eine gefaltete Festtagsserviette, verriet die architektonische Anspielung auf das Land, in das sie gereist war. Aber für diesen Moment für Nguyệt erfreulich gewöhnlich. Alles hier erinnerte sie an die üblichen, internationalen Flughäfen, die sie kannte. Sie seufzte nahezu zufrieden auf. Es war ein Trost, genügte dem ersten Bild ihrer Ankunft. Einem ersten Eingewöhnen.

„Xin chào. Cô tên là gì?[1] "
Mit leichter Verzweiflung schaute sie den Mann hinter dem Schalter an. Was sollte er bei ihrem Aussehen auch anderes denken, als dass sie Vietnamesisch sprechen könnte. An den beiden Tagen zuvor war die Sprache kein Problem. Im oft langweiligen und stereotypen Hexenkessel von Singapur kamen sie überall mit Englisch durch. Egal wie holprig es auch war. Die Stadt war so schrecklich international, dass sie nahezu überall, in Amerika, Dubai oder Südafrika, hätte gebaut sein können. Nur wenige Details verrieten den Fernen Osten. So konnten sie an der Quayside unterhalb des Liang Courts auf einer der Terrassen am Wasser im Pump-Room-Bistro die ganze Speisekarte rauf und runter essen und hätten doch jedes Mal gewusst, was auf dem Teller vor ihnen war. Und am Tag danach war Kuala Lumpur eh nur eine kurze Zwischenstation. Sie schaute auf den Boden und glaubte, nun auch ihr Englisch vergessen zu haben. Dann hob sie ihren Blick zu Peter. Er wiederum war vollkommen ruhig und entspannt und erklärte dem lächelnden Herrn auf Englisch.

„Sie spricht kaum Vietnamesisch." Dann sah er zu Nguyệt. Ihr Lächeln wirkte künstlich, denn der

---

[1] Guten Tag. Wie heißen Sie?

Blick war ansonsten voller Enttäuschung. Kein Laut war ihr bekannt vorgekommen. Die Sätze, die ihr Hiền, auch eine aus Vietnam stammende Freundin, daheim beigebracht hatte, waren verblasst. Sie fahndete nach ihnen in ihrem Kopf, wendete sich zu dem Mann und setzte langsam Wort hinter Wort:

„Xin lỗi. Tôi không biết nói tiếng Việt.[2]*"*

Sie war gleichzeitig aufgedreht und nervös. Peter ahnte zwar die Bedeutung der Reise für sie, aber was sollte er machen? Er war da, neben ihr, um ihr helfen zu können, sie zu begleiten. Er sah sie an, lachte ein wenig auf und fuhr mit einer Hand über ihren Rücken. *Wir sind da*, flüsterte er leise. *Ja. Klar. Ich weiß schon.* Sie nickte dabei, aber ihr Lächeln sah müde und unwirklich aus. Stattdessen begann sie sich mit ihren Fingern durch die langen dunklen Haare zu kämmen, als könne sie dadurch alles Ungemach loswerden, und versuchte die Nervosität durch eine stille Atemübung, die sie seit einer Reha in allzu bekannten Situationen anwendete, in Zaum zu halten. Trotzdem bewegte sie sich wie in Trance, als sei sie nicht von dieser Welt, nicht aus diesem Land, nicht in einem gewissen Sinne heimgekehrt. Mit zusammengepressten Lippen und zusammengezogenen Brauen schüttelte

---

[2] Es tut mir leid (auch: Entschuldigung). Ich spreche kein Vietnamesisch.

sie den Kopf. *Wird schon*, dachte sie, sagte nichts und schob ihren Koffer weiter.

Aber ihr Kopf meldete auch, sie sei trotz aller Vorfreude, aller Vorbereitungen schlichtweg noch nicht angekommen. Auch nicht in einem Urlaub, was wie ein Trost hätte sein können. Von den Dingen um sie herum bekam sie deshalb kaum etwas mit. Sie sprach mit sich selbst, schob ihre Reaktionen auf die Flüge, den zerstörerischen Rhythmus, der mit Anfahrt, Warten, Abflug und ständigem Sitzen entstanden war, das fehlende Schlafen zur gewohnten Zeit und die unzähligen Eindrücke der letzten zwei Tage, die während genau dieser Anreise auf sie eingeströmt waren. Nichts hatte dazu geführt, dass sie das Gefühl hatte, dem Ziel, der fernen einst entflohenen Heimat näher gekommen zu sein, sondern nur näher an das, was für sie vom ersten Moment an ein Abenteuer schien. *Ja, das passt, überrumpelt, so fühle ich mich,* schoss ihr durch den Kopf.

Während sie auf den Zoll und die Passkontrolle zugingen, suchte sie nach den wenigen Bildern ihrer Kindheit in ihren Erinnerungen. Doch waren sie zerstoben und auf einmal so wenige, dass kaum eine Ablenkung, geschweige denn eine Art Verbundenheit mit dem, was sie hier erlebte, möglich war.

Selbst Jahre später würde sie nicht sagen können, welche Zeit währenddessen für die ganzen Einreiseformalitäten vergangen war. Sicher nicht mehr als vor einem Flug von Stuttgart auf die Kanarischen Inseln oder beim Kauf eines Tickets an einem Fahrkartenautomaten. Es hatte keinen Trubel gegeben. Keine Aufregungen. Nicht mal das übliche Gedrängel. Vielleicht, weil düster dreinschauende Militärs auf die Ordnung unter den Anstehenden achteten. An jeder Tür und hinter nahezu jeder Barriere. Für einen kurzen Moment hatte sie ein mulmiges Gefühl. Alte Erzählungen fielen ihr ein. Jedem, der darauf nicht vorbereitet war, würde das einen Schrecken einjagen. Doch es beruhigte Nguyệt auf eigenartige Weise, als sie sah, dass die Menschen hier durch die Uniformierten hindurchschauten. Neutral. Ohne bösen Blick. Sie waren einfach Luft.

Unterbewusst hielt sie alle Details um sich herum fest, fotografierte sie regelrecht mit all ihren Sinnen. Immer noch auf der Suche nach Vertrautem. So entstand in ihrem Kopf ein Berg aus Gedanken-Souvenirs: Menschen mit Kegelhüten kurz vor den Ausgängen des riesigen Gebäudes, still und geduldig mit Tafeln auf bestimmte Gäste wartend, andere, die sich zurückhaltend und diszipliniert mit ihren Wägelchen für den Transport der Koffer anboten, dazwischen Trippelschritte und Gesichter, die trotz der strengen Atmosphäre nahezu ausnahmslos eine gute Portion Zufriedenheit, Glück und vor allem Stolz ausstrahlten. Auch wenn hier keine bunten Lampions an den Decken, an Imbissständen oder über den Schaltern wie in

Singapur für eine aufgesetzt fröhliche und gezwungen authentische Stimmung sorgten. Selbst die geduldig wartenden Passagiere vor einem Schalter einer inländischen Fluggesellschaft standen tratschend, aber lachend in einer geordneten Reihe.

Sie traten vor das Gebäude, gingen ein paar Schritte zur Seite und blieben stehen. Von den Koffern wie von einer Wagenburg umbaut schaute sie an sich herunter. Plötzlich fühlte sie sich deplatziert und verkleidet. Dabei hatte sie zu Hause nur entschieden, elegant in ihrer Heimat anzukommen. Um sie herum ein paar wenige andere Urlauber und Männer in neutralen, geschäftlich wirkenden Anzügen. Die wohl inländischen Frauen eher in farbigen, wenn nicht sogar bunten Kleidern. Und sie selbst? Schwarze Hose, weiße Bluse – jedoch nicht so lässig wie ihre Mutter auf dem Foto und – High Heels. Und über ihrem Arm hing ein Mantel, der trotz des plötzlich einsetzenden, aber gar nicht kühlenden Regens viel zu warm war. Überhaupt hätte diese Temperatur daheim, in Deutschland, noch lange gereicht, um Stunden vor einem Eiskaffee zu verbringen oder in einem Freibad herumzudösen.

Hier draußen war die Arbeit der Klimaanlagen getan. Ganz langsam, ein schleichender Angriff, kroch die schwüle Luft unter den langen Hosenbeinen auf der Haut nach oben, schob sie sich unter den Kragen der Bluse und sammelte sich auf dem Rücken zu ersten Tropfen, die schon kurz darauf begannen, hinunterzurinnen. Das Gefühl ließ sie ihre Augen schließen und den Gedanken freien Lauf.

Thắng, ihr älterer Bruder, und sie hatten den dichten Vorhang zur Seite geschoben und schauten im Rahmen der Tür stehend in den Himmel. Anschließend gingen sie vor die Hütte ins Freie, streckten die gespreizten Finger in die Luft und begrüßten so die ersten, schweren Tropfen der Regenzeit. Endlich würde diese dem Boden wieder genug Wasser bringen, das der Reis jedes Jahr so dringend brauchte. Die Gesichter in den Regen haltend sprangen sie lachend zwischen den Pfützen herum und jauchzten laut. Streckten ihre Arme wieder und wieder in die Luft und tanzten und spritzten sich dabei gegenseitig nass. Bald waren sie beide bis auf die Haut durchnässt. In der Tür stand ihre *bà*, ihre Großmutter, und lächelte sie gütig an. Hinter ihr winkte Mutter, den Handrücken wie üblich nach oben und die Finger nach unten, und schien etwas zu rufen. Nguyệt schaute, lächelte und winkte in Gedanken zurück …

Doch statt der Worte ihrer Mutter hörte sie ein viel zu lautes Wort, das jetzt absolut nicht passen wollte.

„Taxi!"

Die Bilder in ihrem Kopf zerstoben. Irgendjemand neben ihr wedelte mit dem Arm. Als sie sich nahezu widerwillig umdrehte, fasste Peter ihre Hand, deutete mit dem Kopf auf den Wagen und hob ihren Koffer an. *Komm doch! Da ist ein Taxi*, meinte er. Der kleine Mann neben dem Wagen aber hatte ihm diesen schon aus der Hand genommen und in den Kofferraum gewuchtet. Mit einer auffallend freundlichen Selbstverständlichkeit, die in anderen Teilen der Welt längst abhandengekommen war. Ohne Kaugummikauen, ohne Schniefen, ohne Kommentar. Sie betrachtete verstohlen das Gesicht des Vietnamesen und fühlte, wie sich in ihrer Kehle ein Kloß bildete.

„*Cảm ơn!* Danke!", sagte sie mit einem wahrscheinlich unüberhörbaren Akzent. Doch der Taxifahrer entgegnete zuvorkommend, ja nahezu warmherzig:

„*Không sao đâu.* Gern geschehen."
Der Kloß wurde größer und sie war froh, dass Regentropfen auf ihrem Gesicht die eine oder andere Träne nicht verrieten. Ihr Lächeln sah daher etwas gequält aus. Dennoch war in ihr auch ein wenig Glück und Freude. Immerhin war sie nun hier.

Mittlerweile ließ die Abenddämmerung das trotz des Regens vorher vorhandene Farbenspiel das blasse Nachtkleid überstreifen. Alles begann zu einem Brei aus verschiedenen, nahezu schmutzigen Grautönen zu verkommen. Kaum schien alles darin zu versinken, flammten viel zu grelle Lichtpunkte, Laternen, Lampen, Tafeln und Schilder auf. Dinge, die sich zwischen ihnen bewegten, mutierten in multiplizierte huschende Etwas. Die hintere Seitenscheibe im Taxi wurde zu einer Art

Fernsehbildschirm. Doch verzerrten die Regen-
schlieren den laufenden Film ins Unscharfe. Kaum
zwei Kilometer später hatte der dichte und unfass-
bar laute Verkehr den Blick auf die unteren Etagen
der Stadt verschluckt. Die Eingänge der Häuser,
Ladengeschäfte und die meisten Fußgänger waren
durch Autos, Rikschas, kleine Lieferwagen, unzählige Motorräder, Minibusse und schlängelnde Rad-
fahrer verdeckt und unsichtbar geworden. Selbst,
wenn sie sich aufsetzte. Aber darüber waren nur
noch einige Kegelhüte und die restlichen Stock-
werke der handtuchbreit wirkenden Häuser zu sehen. Manche zeigten an den Seiten ihre meterho-
hen, blanken Betonwände, die verrieten, wie billig
sie gebaut worden waren, auch wenn die Fronten
ein historisches Baujahr vorgaukelten, das von
grellem Neon angestrahlt wurde.

Das Hotel, vor dem das Taxi hielt, war lediglich
einige Meter breiter und sah genauso neu oder genauso alt wie die anderen Bauten aus. Nguyệt war
also an der ersten Station eingetroffen, an der ersten, die ein Bleiben forderte und sofort fühlte sie
die Müdigkeit in sich aufsteigen. Eine, die den
Lärm in der Straße dumpfer werden ließ und all die
Bewegungen um sie herum fast zum Stehen
brachte. Eine Taubheit, die sie irritierte. Mein Gott,
es war doch nur ein Urlaub. Sonst nichts. Sie schüttelte innerlich den Kopf. Als Erstes bräuchte sie
eine Dusche, am liebsten eine saubere Wanne, egal
wie spät es jetzt war, egal was nun noch auf dem
Programm hätte stehen können. Dieser Film, der

Schweiß, die ersten Eindrücke, die wie ein Panzer wirkten, mussten weggespült werden. Sie fühlte sich wie in einem undurchdringlichen Kokon, der es ihr unmöglich machte an der Wirklichkeit teilzunehmen. Alles war jetzt sogar noch weiter entfernt als eine Kinoleinwand. Dieses Land, diese Stadt hatte sich bisher nur durch verzerrende Scheiben, unscharfe Gläser und trübe Fenster anschauen und beobachten lassen.

Es war nur ein leichtes Dämmern, aus dem sie wieder aufgewacht war. Die immense Luftfeuchtigkeit und Hitze hatten sich, wie das seifige Duschwasser am Abend, auf ihren Körper gelegt und rannen an ihrer nackten Haut hinunter. Zuvor hatten sich die bleichen Schatten in ihrem Traum langsamer bewegt als sonst. Ohne geisterhaftes Hin und Her, diesem stummen lautlosen Schweben. Sie glichen den Fußgängern vor dem Hotel, anonymen Passanten, zufälligen Begegnungen, die vorbeiglitten und nach und nach aus dem Blickfeld verschwanden. Mitunter, für einen kurzen Moment, glaubte sie ein Gesicht erkannt zu haben. Dann begannen die Bilder zu flimmern und der Film war zu Ende. Das letzte Bild war leer. Dunkel. Schwarz. Kein Blitz. Der Projektor stand mit einem Mal still. Sie hätte weiterschlafen können.

Trotzdem öffnete sie etwas widerwillig die Augen und sah sich um. Eine graue, von Lichtpunkten und wilden Neonleuchten durchflackerte Nacht drang durch die Scheiben, mit den üblichen Geräuschen einer lauten Stadt. Bis auf die viel lauteren Geräusche war es wie daheim in ihrer Wohnung, in der sie nie die Rollläden öffnete, sondern den Wechsel von Tag und Nacht, das Spiel der Sonne mit den Wolken und die Geräusche, den Regen, Autos und Menschen vorm Fenster, durch die Schlitze zwischen den Lamellen wahrnahm. Dazu ihr ständig laufender Fernseher.

In dieses einfache Zimmer hier schien zudem die Natur eingedrungen zu sein, denn die Feuchtigkeit des Regens lief an den Wänden hinunter, so wie jetzt auf ihrer Haut. Von draußen blinkte abwechselnd und nervös wie ihr aufgewühlter Puls ein grelles, rotes und blaues Licht durch das Fenster und zauberte ein hin und her springendes farbiges Quadrat auf die gegenüberliegende schimmernde Wand, von einem Hupen oder lautem Ruf von unten begleitet und von anderen zuckenden Schriftzügen der Leuchtreklamen.

Neben ihr lag Peter auf dem Bauch. Sein ebenso schwitzender und nackter Körper reflektierte die Farben wie ein Spiegel. Seine rechte Hand lag entspannt und flach knapp unter ihrem Busen. Wie ein Gegenstand. Plötzlich seltsam fremd. Hinterließ kein Gefühl. Nguyệt fühlte sie nicht. Wenige Stunden zuvor hatte sie sich genau dieser Hand noch hingegeben und die Brandung, die sie in ihr erzeugt und hinterlassen hatte, genossen. Wie einen warmen Regenschauer. Eine Welle, die an ihren Körper klatschte und sie davontrug. In unbekannt gewordene Gefilde und Orte, die seit jeher eine eigenartige Sehnsucht erzeugten.

Peter sprach dabei von Liebe. Von einer Liebe, die in all das für sie nicht zu passen schien. Was sie liebte, was dieses Wort wert war, wenn dieser Moment kam, war verloren. Was sie behalten hatte, nannte sich Leben, meinten die Ärzte, aber für sie war es allzu oft eine Hülle ohne Füllung, etwas, in das man alles stopfen konnte, was man wollte, und das man nennen konnte, wie man wollte, sei es Peters Liebe, ihren Beruf und der übliche Alltag. Aber das, was sie wirklich liebte, ihr altes Leben, nicht mehr.

Deshalb passte die Hand nicht mehr zu den Bildern in ihrem Kopf, die sie in diesem Moment noch aus der anderen Welt herübergerettet hatte. Zu den Worten eines gesichtslosen Schattens. *Xin lỗi. Chỉ là hiểu lầm thôi. Tôi bị bệnh*[3]. Sie hatte es genau verstanden, glaubte die Stimme ihrer Mutter gehört zu haben und wollte antworten. Die ersten zwei Wörter, *tôi dùng* ..., kann ich ..., hatte sie sich noch sagen gehört, dann kam dieses letzte Bild. Und nun war wieder alles weg. Jedes weitere Wort wie ausgelöscht. Verlernt. Nie gelernt.

Vorsichtig hob sie Peters Hand hoch und legte sie genauso vorsichtig neben sich ab. Ein kaum hörbares Grunzen und eine kurze Bewegung, ein Schieben mit einem Bein war die einzige Reaktion.

---

[3] Es tut mir leid. Es war ein Missverständnis. Ich bin krank.

Danach war sein Atem wieder ruhig und gleichmäßig. Selbst jetzt konnte sie seine Ruhe und Gelassenheit spüren, die ihr geholfen hatten, eine solche Reise überhaupt anzutreten, die irgendwo tief in ihr einerseits eine Begeisterung, aber auch diese rätselhafte Unsicherheit und Unruhe erzeugt hatten, weil sie nicht wusste, was nach dieser Reise in ihr angekommen sein würde. Eine tröstende Erinnerung. Eine wehmütige Rückschau. Oder gar ein schmerzendes Nacherleben.

Sie richtete sich auf und betrachtete ihn trotz aller Zuneigung und Dankbarkeit mit einer unerfindlichen Distanz. Für einen kurzen Moment hatte sie vorhin ihre Leere gefüllt, gefühlt, wie immer weniger davon übrig blieb, bis das Nichts wieder der Leere in ihr Platz machte. *Xin lỗi.* Diese zwei von vielleicht drei Dutzend Wörtern beherrschte sie. Alle anderen klangen aus ihrem Mund allenfalls exotisch. So andersartig wie ihre mühevoll erlernten italienischen Sätze für einige Tage Urlaub am Gardasee im vergangenen Jahr.

Nun war sie an das Fenster getreten und schaute auf die Straße. Es waren nicht viel weniger Menschen, Autos, Motorroller und Fahrräder unterwegs als während des Tages. Der Lärm machte ihr nichts aus, an den hatte sie sich schon kurz nach ihrer Ankunft am Flughafen gewöhnt. Ihr Fernseher gaukelte mit seinen zuckenden Bildern und dem selbst in der Nacht nicht abgeschalteten Ton das Gefühl vor, nicht allein daheim oder gar auf der Welt zu sein. Den Lärm hatte sie mitgenommen.

Der war noch übrig geblieben. Von damals. Von zu Hause. Aber von welchem Zuhause? Dem, nun Tausende Kilometer entfernt von hier? Deutschland? Doch dort hielt sie solch einen Trubel manchmal nicht aus – wenn sie in der Stadt und nicht zu Hause war. Da gab es Tage, an denen sie am liebsten mit einem Schrei alles zum Schweigen bringen würde. Tage, an denen sie nicht dort oder auch woanders sein wollte. Aber auch solche, an denen sie den ja schon morgens laufenden Fernseher noch lauter stellte.

Links neben dem Fenster färbten die obersten, flimmernden Buchstaben der Neonschrift die Front des Hotels und pinselten das *h* und *ố* von *Hống khách sạn*, Hotel Rose, auf die Haut unter ihren kleinen Brüsten. Begleitet von kleinen Lichtpunkten auf den dunklen Höfen der noch dunkleren Knospen. Mit zusammengekniffenen Augen verfolgte sie die Reflexe der bunten springenden Punkte auf der Haut ihres schmalen Körpers im Spiegelbild der Scheibe, musterte die auf ihm tanzenden Flecken und natürlich ihn, der sich als fast unwirkliche Reflexion, als Schatten vor ihr abbildete. Sie drehte sich ein wenig hin und her und das Hologramm vor ihr tat es ihr gleich. Fast zufrieden stellte sie fest, dass sie heute mit sich und ihrem Körper im Reinen war. Heute wollte sie nicht die Siebenjährige sein, das Mädchen aus märchenhaft schönen Zeiten. Schmal und unberührbar.

Wie zwei Fächer hielt sie ihre Hände mit geringem Abstand über ihren Nabel gespreizt. Bildete mit Daumen und Zeigefingern einen schattigen Kreis und tauchte ihn wechselweise in das Rot und Blau, während ihre gänzlich nackte Scham frech vom gelblichen Licht eines Scheinwerfers angestrahlt wurde. Rot, blau, *đỏ, xanh lam*, rot, blau, *đỏ, xanh lam,* rot, blau, *đỏ, xanh lam,* wiederholte sie leise flüsternd. Verdammt noch mal, diese Sprache musste sich doch irgendwie wieder erlernen lassen, vor allem, wenn man fast acht Jahre seines Lebens hier verbracht hatte. Fast ein Fünftel eines Lebens. Rot, blau, *đỏ, xanh lam. Sáng xin thụ giáo Việt.* Morgen möchte ich Vietnamesisch lernen, fügte sie einem Befehl gleich hinzu und fühlte, wie sich der Schweiß mit ein paar Tränen auf ihrem Gesicht vermischte. Wie würde es in der nächsten Woche sein, wenn sie ihren Verwandten gegenübertrat? Ohne Sprache, ohne Fragen, ohne Antworten.

Sie kehrte zum Bett zurück, nahm das Wörterbuch von dem kleinen Holztischchen neben dem Bett und schlug es irgendwo mittendrin auf. *Xin giúp tôi?* Können Sie mir helfen? *Cai náy tên là gì?* Wie heißt das? *Xin nhắc lai!* Bitte sagen Sie es nochmals! Dann schloss sie es wieder und starrte mit glasig gewordenen Augen ziellos durch die Fenster hinaus.

Zufällig bemerkte sie Peters Duft an ihren Fingern. Ein Duft, der an ihnen hängen geblieben war, als ihre Hand in seinem Schoß gelegen hatte. Doch in dieser Sekunde erinnerte er nicht an ihn oder den Moment der kurzen Flucht, als er sie berührt hatte. Sie wunderte sich und fahndete nach dem

Grund. Doch es entstand kein Bild. Alles blieb diffus wie in ihren Träumen. Dann schaute sie wieder hinaus in die künstlich bunte Neon-Dunkelheit und die Farben und der Lärm verbanden sich doch mit einigen Bruchstücken ihrer Erinnerungen. Das Bild wurde mit einem Mal deutlicher und zeigte am Ende nichts anderes als eine Hütte voller Wärme, verlorener Heimat und ihre Familie.

Sie legte mit einem leisen Seufzen das Buch auf das Tischchen zurück und ihr Blick streifte die Armbanduhr. Halb fünf. Sie hatte also noch keine drei Stunden geschlafen. Da draußen waren die Menschen vielleicht schon auf dem Weg zur Arbeit. Sie musste unbedingt wieder in den Schlaf finden. Ansonsten wäre sie nachher kaum zu etwas fähig. Mit den Fingern wischte sie sich die Nässe wie mit einer Gummilippe von der Haut, zog sich ein dünnes Nachthemd über und legte sich auf die beulige Matratze. Drei Minuten später war sie eingeschlafen. Ohne Wörter, ohne Sprache, ohne Fragen, ohne Antworten.
Ohne Traum.

***

Der Regen war nicht mehr so stark wie am Abend zuvor. Ersetzte aber mühelos die verzerrenden Schlieren des Vortages. Als blicke man durch ein feinmaschiges Sieb. Alles um sie herum wurde dadurch in ein noch eintönigeres Grau als am Vortag getaucht. Die Farben der schmalen Häuser schien verschwunden. So hatte es etwas Britisches, Zähes und nieselig Schwüles. Vermochte noch nicht die in dem Reiseführer beschriebene Schönheit Hanois preiszugeben. Kurz sah sie sich und ihren Bruder noch einmal zwischen den Pfützen herumtanzen, johlend, singend, unbekümmert, während die Regenschleier ohne Unterlass herunterwehten. *Die Frauen, die ihre Haut zart und weiß wissen wollen, beginnen im Regen zu lächeln*, hieß es. Doch sah sie keine Frau, sah sie kein Lächeln.

Nein, Hanoi war für so etwas zu geschäftig. Ein Fahrrad bepackt mit Türmen ineinandergeschobener Plastikeimer, aus denen Bürsten und andere Haushaltwaren herausragten, rollte einige Meter an ihrer Seite, bevor es in das Gewimmel der *Pho Ngo Quyen* abbog, aus der, einer Karikatur gleich, ein knatterndes, kaum sichtbares Motorrad fuhr, das übervoll mit Blumensträußen bepackt war. Überhaupt pflegten sie hier ihre Hondas, Fahrräder, Rikschas und Handkarren hoffnungslos zu überladen. Oft genug mit Dingen, die eigentlich nicht darauf gehörten. Gestern Abend erst hatte sie eine Rikscha gesehen, die einen liegen gebliebenen Roller auf ihren Sitzen transportierte, der nur dürftig mit einem Seil festgebunden war. Anschließend saß die Rollerfahrerin, der Haltung einer Kunstradfahrerin würdig, auf dem Schoß des Rikschafahrers.

Im französischen Viertel wirkten ihre Landsleute – sie lächelte in sich hinein, sie hatte tatsächlich Landsleute gedacht – vor den prachtvollen

Fassaden der Kolonialzeit irgendwie deplatziert. Sie konnten es sich nicht leisten, so divenhaft wie die Kulisse zu sein, wie dieser alternde Bezirk. Nguyệt drehte sich mit einer überraschenden Schwerfälligkeit um und betrachtete das Treiben. Auf der Straße und dem Platz huschten die durchweg kleinen Menschen – mit Kegelhüten und durchsichtigen Plastikfolien setzten sie sich dem feinen Niesel zur Wehr – an ihr vorbei. Mit kurzen, immer hastig wirkenden Schritten, als enteilten sie nicht nur dem Ungemach des schlechten Wetters, sondern auch diesem kolonialen Relikt. Trotzdem hatten sie nur ihre jetzt gefährlich rutschigen Latschen an. Einem Widerspruch gleich signalisierte indes manches T-Shirt unter einer Folie die Errungenschaft westlicher Freiheiten, die es vor wenigen Jahrzehnten in einem Krieg zu bekämpfen galt: Nike, Adidas oder Kappa. Selbst aus dem All wäre Nguyệt in dieser trippelnden Menge in ihrem schwarzen Hosenanzug, dem dünnen lilafarbenen Schal und den Stöckelschuhen, dies alles obendrein von einem schreiend bunten Regenschirm geschützt, ohne Mühe zu erkennen gewesen.

Auch die Schriften über Einfahrten, Schaufenstern und an Wänden sahen bei flüchtigem Hinsehen durch die Buchstaben eher europäisch aus. Erst kurz vor dem *Hồ-Hoàn-Kiếm*-See wurde das Bild asiatisch. Und der Kloß in ihrem Hals wuchs wieder an. Zwei schlanke und trotzdem riesige Drachen, aus Blumen kunstvoll zusammengesteckte *Thăng longs*, hatten sich vor dem Grau des

Himmels und einem noch viel trüberen des Sees postiert, umrahmt von unzähligen weißen Blumentöpfen, gefüllt mit blütenlosem Gestrüpp. Sie reckten ihre mit scharfen Zähnen bewehrten Köpfe stolz in die Höhe und boten mit den Klauen gelbe Früchte an. Aus einem Märchenbuch entschlüpfte Wesen, die an Geschichten erinnerten, denen Nguyệt und andere Kinder vor unzähligen Jahren mit großen Augen gelauscht hatten. Erzählungen, in denen die Drachen noch bedrohlicher gewirkt hatten und sich am Ende als Retter entpuppten. Dahinter, auf der kleinen Insel, ein Heiligtum. Ein Tempel, der verschmutzt, wie er war, nicht auf seine Bedeutung schließen ließ. Peters Stimme wirkte plötzlich fremd:

„Bis jetzt habe ich, außer dir natürlich, nicht eine wirklich hübsche Frau gesehen."

Die Frauen, die ihre Haut zart und weiß wissen wollen, beginnen im Regen zu lächeln. Sein mildes Lächeln und dieser Satz, männlich, fast etwas gönnerhaft, eher einer trockenen, feststellenden Aussage eines Nachrichtensprechers gleichend, passten nicht zusammen. In ihren Ohren ein sachliches Resümee und keine liebevolle Entdeckung.

„Vietnam ist Arbeit. Schönheitspflege wird da nicht für den Alltag betrieben", war daher ihre lapidare, aber auch etwas verletzte Antwort. Ohne es recht zu verstehen, war sie mit einem Mal ein Bündnis mit ihren *Landsleuten* eingegangen. Sie dachte nicht nur, sondern fühlte nun wie sie. Zu sehr spürte sie jetzt einen Sog, der sie in eine noch nicht fassbare, aber schon seit so langer Zeit vertraute Umgebung zog. Die vielen Eindrücke, die sie wie eine Lawine zu überrollen begonnen hatten, erinnerten sie auf der einen Seite an verdrängte Zeiten und Ängste und auf der anderen Seite weckten sie einen Hunger und Durst, ein bisher unbekanntes Heimweh.

Peter strich ihr mit einer Hand über die Wange. Und ein Schulaufsatz mit dem Titel *Die schönste Entschuldigung* war in seinem Gesicht geschrieben. Inzwischen hatten sie die *Stadt der 36 Straßen*, das Viertel nördlich des Sees, erreicht. Eine andere Welt. Keine Allerweltsläden, keine internationalen Imbissfilialen. Höchstens einige charmante Cafés. Jetzt waren es die Touristen, die den Stadtteil verfremdeten und das Durcheinander aus alten traditionellen Tunnelhäusern und backsteinbreiten einfallslosen Neubauten. Früher war hier jeder Hauseingang von einem anderen Handwerk besetzt, hatten die einzelnen Zünfte ihre Gassen. Trugen sie die Ware, *hang*, die sie verkauften, in ihrem Namen. *Hang Thiêc*, Zinngasse, *Hang Nou*, Hutgasse. Nun aber gab es kleine schrecklich bunte Boutiquen neben verstaubt wirkenden Metallwarengeschäften.

Bis zum ersten Stock entsprach das Gewirr den Fotos in dem alten Bildband, den ihr Onkel in Deutschland in einem Regal stehen hatte. Ging sie zwei Meter von den Häuserfronten entfernt die Straße entlang, war das Gewimmel vorbei. Die

Menschen betrachteten und missachteten sie, während sie aus Scheu, mit der verloren gegangenen Sprache angesprochen zu werden, dicht bei Peter blieb und sich lachend mit ihm unterhielt. Mancher Satz von ihr begann sogar mit einem *Damals*: Damals hatten wir alle solche Sachen an. Damals hatte mein Opa auch so ein Werkzeug. Damals hatte er damit etwas an einer Wand repariert. Damals waren diese Dinge Alltag. Damals stand bei uns so ein Topf mitten in der Hütte. Sie bückte sich, hob einen entsprechenden in die Höhe und begutachtete ihn lächelnd. Ihre Gedanken im Damals Zuflucht suchend.

hai

Fast eine halbe Stunde hatte sie sich unter den her-
abbrausenden Tropfen der Dusche gegönnt. Hier
in dem Land, in dem sie als kleines Mädchen glück-
lich mit ihrem Bruder im Regen getanzt hatte. Wog
sich deshalb in dem stürzenden Wasser hin und
her und genoss dessen Wärme und diese Erinnerung, in der ihre Mutter neben dem Eingang der
kleinen Hütte unter den Ästen des Drachenfrucht-
baumes stand und ihnen lachend zunickte. Auch
Nguyệt lächelte und begann sich in dem plät-
schernden Guss zu drehen. Ungewohnt unbe-
schwert. Denn auch die letzte Nacht hatte keinen
Traum, keinen Blitz beschert. Endlich. Nun durfte
sie unter dem Wasserstrahl wieder das kleine Mädchen sein, fröhlich und sorglos, inmitten eines
Schwalls fremd riechenden Wassers in einem gar
nicht mehr so fremden Land. Sie streckte ihre
Arme nach oben, ließ an ihnen ihre Hände hin und
her schwingen und gerade als sie begonnen hatte
das alte Kinderlied zu summen, wurde sie in ihrer
Fantasie unterbrochen.

„Der Bus zur Hạ-Long-Bucht braucht vier Stunden. Dann ist eh der halbe Tag weg. Da können wir
in Ruhe frühstücken und anschließend los."
Peter stand in der Tür. Die Hände voll mit Ausdru-
cken, Prospekten und dem Reiseführer. Aus ihrem
Traum gerissen, schob sie den Vorhang zur Seite.
Er war unangekündigt in eine Welt eingedrungen,
die ihr gehörte. Im Spiegel gegenüber verschwand

ein Mädchen hinter dem nassen Niederschlag des Dampfes, wie das verschwimmende Bild in ihrer Erinnerung. Peter schielte über die Papiere hinweg auf ihren nackten Schoß und fragte beiläufig klingend:

„Was meinst du?"
Die nun leider leere Leinwand in ihrem Kopf konnte er nicht sehen. Nur das kleine, kaum frauliche Mädchen, das er als solches aber nicht erkennen konnte.

***

Eine angenehme Busfahrt wurde es nicht, obwohl der Bus einen gewissen Komfort bot, aber die Fahrt erinnerte trotz der auf der Landkarte als Schnellstraßen klassifizierten Wege eher an eine Seefahrt. Schaukelnd und schlingernd galt es die Schlaglöcher und ausgewaschenen Pisten bei minimaler Geschwindigkeit auszuhalten. Dabei waren es nur etwas mehr als einhundert Kilometer Luftlinie bis zu dieser in allen Büchern angepriesenen, schönsten Sehenswürdigkeit Vietnams. Doch auch diese verhüllte sich hinter einem nebeligen Schleier. Selbst der Horizont verband ohne sichtbare Kante Himmel und Meer mit einem tristen Grau. Wenigstens hatte es aufgehört zu regnen.

Es war eine seltsame Welt. Bizarre Felsen. Hunderte. Viele Hunderte. Vielleicht Tausende. Einige nicht größer als ein Einfamilienhaus und nahezu kugelrund. Sie schwebten auf dünnen Steinsäulen über dem Wasser. Behütet von einer Krone kleiner grüner Büsche. Riesigen vermoosten Pilzen ähnlich. Umgeben von felsigen, von Wind und Wasser geformten Gebilden. Kugelige Haufen, die an Tore, Burgen und fremde Wesen erinnerten. Andere Formationen glichen auf den ersten Blick einer Unzahl von Kopien des Zuckerhuts in Rio de Janeiro. Alle bildeten für sich uneinnehmbare, steile Inseln, die knapp über der Wasseroberfläche oft mit Höhlen durchlöchert waren und einem Schweizer Käse oder einem kariösen Zahn glichen. Keine von ihnen war bewohnt. Klar, dass es Legenden gab. Geschichten von einem Drachen, der die Vietnamesen gegen die Feinde aus dem Norden mit seinem schleudernden Schwanz verteidigen wollte.

Dieser war zur Küste gelaufen, lockte dort die Widersacher in eine Falle und die Angreifer blieben zwischen den Felsen hängen. Darauf griff er sie ein letztes Mal an und trieb sie mit mächtigen Schwanzschlägen zurück und zerteilte damit das steinige Land. Dabei traf er die herumliegenden Steine. Sie wurden Geschosse. So entstanden Täler und kuppelige Hügel. Diese Bucht, die für die Menschen zu einem Heiligtum wurde. Nachdem der von den Göttern geschickte Drache dann ins Meer abtauchte, um davonzuschwimmen, füllten sich die Rinnen und Einschnitte mit Wasser. Damit schuf er den Namen der Bucht, *Vịnh Hạ Long*, der Ort, an dem der Drache in das Meer stieg – und ihr Aussehen.

Jetzt war kein Drache mehr im Wasser zu sehen, auch wenn die drei Felsen da vorne Teile seines Rückens sein konnten, aber stattdessen floßartige Gebilde waren, die sich als Aufbewahrungsstationen für frisch gefangenen Fisch herausstellten. Daneben auf Holzpaletten und Styroporbalken kleine, schwimmende, bunte Hütten, in denen die Fischer lebten. Ärmliche Dörfer auf dem Meer. Zusammengebunden und an die Felsen gekettet. Quadratisch, rechteckig, übersichtlich. Deren äußerer Luxus die Farbe war. Alles wirkte wie in einem Film über den Untergang der Welt. Für wenige Stunden von außen erleuchtet, durch teuren Diesel, der die Generatoren antrieb. Innen färbte indessen der flackernde Bildschirm eines Fernsehers – wie bei ihr daheim – die ärmliche Enge der Hütte.

Irgendwo südöstlich schwamm in der Bucht auf diese Weise der kleine Weiler *Vong Vieng*, umrahmt und beschützt von Archipelen kleinster Inseln, die auf keiner Karte zu finden waren. Bis kurz vor dessen Hütten fuhren die Touristenschiffe. Lang gezogene, dschunkenartige Kähne, im Lauf der Jahre längst mit fauchenden Dieseln motorisiert und daher oft ohne den üblichen Mast. Dort war auch Nguyêts und Peters schwimmendes Hotel vor Anker, das von außen jeglichen Luxus verschwieg.

Links tauchte ein rostiges Schiff auf. Aus einem Rohr an der Seite quoll brauner, stinkender Qualm im Rhythmus der tuckernden Maschine. War der Drache doch wieder aus dem Wasser gestiegen?

Doch seinen Namen „Fünf Haie", *năm cá mập*, konnte man auf den restlichen Farbplacken gerade noch entziffern. Auf dem Deck war ein Durcheinander aus blauen Plastikbehältern abgestellt. Viele waren auf nicht sehr sorgsame Weise durch Taue und Seile verbunden. Auf einigen von ihnen war *nước*, Wasser, mit weißer Farbe gepinselt. All das war irgendwann einmal improvisiert und nicht mehr verändert worden. Irgendwann würde dieses Schiff verrostet sein. Irgendwann ist es für Reparaturen und Investitionen zu spät.

In der Nähe eines Kahnes der *Cường Thịnh Tourism Company* hatte eine Mischung aus Floß, Ruderboot und geflochtenem Nachen an einem Steg angelegt. Übervoll mit Obst und Gemüse. Auf ihm ein kleines Mädchen, das Peter und Nguyệt ohne Scheu anlächelte. Am Ende des Schiffes stand wohl ihre Mutter mit freundlich ernstem Blick. Peter liebte Kinder und lief spontan auf die Kleine zu.

„Gott ist die süß. Schau doch mal, sie hat genauso schwarze Haare wie du."

War da eine Tür aufgestoßen? Nguyệt ging langsam auf das Boot zu und spürte, wie sie das erste Mal entspannt lächelte. Die Mutter der Kleinen nickte und drängte sich mit ihrer Ware nicht auf. Vielleicht hätte sie es sowieso nicht getan.

„*Xin chào*, guten Tag!"

„*Chị có khỏe không?* Wie geht's?"

Nun nickte Nguyệt. Gut, sollte es heißen. Und die andere junge Frau verstand. Schaute verstohlen zu Peter. Ein Mann, möglicherweise aus Europa, hatte ein ehemaliges Flüchtlingskind abbekommen. Die hatte es also geschafft. Vermutlich. Fernab von hier. Nach all diesen schrecklichen Jahren. Aber ohne die Sprache. *Tiếc quá!* Schade! Vielleicht würde sie es eines Tages auch schaffen und ihre Träume wahr machen können. Ein kleines schwimmendes Eigentum. Das wäre schon was. Nicht mehr auf die Eltern angewiesen sein und bei diesen wohnen müssen. In diesem engen, einzigen Raum auf dem Floß. Auf etwas mehr als anderthalb Dutzend Quadratmetern. Nur durch einen dünnen und schlichten Paravent von ihnen getrennt, der alles an eigenständigem Leben verbat. Sie musste nur genug verkaufen. Vielleicht würden diese Touristen auch etwas von ihrer Ware wollen und nicht wie viele andere nur ein Foto machen.

Mit einer kurzen Armbewegung lud sie die beiden Fremden ein, ihre Ware näher zu betrachten. Langsam und bedächtig benannte sie alles mit den vietnamesischen Wörtern und hob das ein oder andere davon etwas hoch. Bei einigen schmunzelte Nguyệt, als verstünde sie das Gesagte. Aber natürlich hörte sie kein vertrautes Wort, bis die Frau auf einen grünen Ballen aus Blättern zeigte und sie sah, was gemeint war: *xà lách*, Salat, klang doch nicht fremd.

„Klingt nicht viel anders als bei uns", stupste Peter sie lachend an und zeigte dann auf eine Ananas und eine Kiste Orangen.

Er hatte gestern nicht recht gehabt. Es gab doch hübsche Frauen in Vietnam. Zumindest hatte diese wirklich freundliche Augen und eine gute Figur dazu. Peter war mittlerweile zu dem Mädchen aufs Boot hinübergeklettert und hatte versucht, ihr auf Englisch ihren Namen zu entlocken. Sein gestreckter Zeigefinger wanderte zwischen ihm und der Kleinen hin und her. Aber ein unwiderstehliches Lächeln war die einzige Antwort. Als er aus den Kisten Orangen und eine der kleinen Ananas herausnahm, kam vom Ende des Bootes ein leises *Linh*. Peter drehte sich in Richtung der jungen Frau und sah, wie sie auf das Mädchen deutete.

„*Linh* heißt du also. Ein schöner Name." Er reichte ihr die Hand und sie antwortete mit:

„*Tạm biệt*, tschüss!"

Peter nickte und bezahlte, während die Kleine ihn nun wieder anlächelte, auf Nguyệt zeigte und mit einem auffordernden Ton „*Chúc vui vẻ*!" zu ihm sagte. Die beiden Frauen waren die einzigen, die herzhaft lachten. Peters Gesicht war zu einem Fragezeichen geworden.

„Das heißt: Viel Spaß! – Alles klar?"

Natürlich war sie in dieser Nacht wieder aufgewacht. Doch diesmal waren es keine Gestalten, die sie aufschreckten. Nichts, was als diffuse Bilder durch einen Traum geisterte. Es war ein simples, zunächst nicht einzuordnendes, fast verdrängtes, ja, vergessenes Geräusch, das sich mit den sonstigen Erscheinungen in ihrem Kopf nicht richtig verbinden wollte. Ein rhythmisches Glucksen, Gluckern und Klatschen, das im ersten Moment vollkommen harmlos war, als sie die Augen im nächtlichen, schummrigen Licht öffnete. Das Platschen des Wassers war nichts anderes als gewöhnlich.

Doch dann erinnerte sich Nguyệt sofort und wollte es verdrängen. Versuchte sie jedoch auf der Seite liegend wieder in den Schlaf zu finden, wurde es lauter. Durchdringender, intensiver. Als sei ihr Ohr in die Quelle des Geräuschs gefallen. Leise wummerte ein Motor von unten. Ein trommelndes Pochen. Bekannt, enervierend und bedrohlich. Aus Weggeschobenem, Unterdrücktem und aus dem Bewusstsein verbannt emporkommend, schrecklich vertraut. Da nützte es nicht, dass sie sich wieder auf den Rücken drehte. Das im Grunde leise mechanische Gemurmel schwoll zu einem Höllenlärm an. Plötzlich waren sie doch wieder da. Nicht die verschwommenen Bilder, sondern böse, schlimmste Erinnerungen. Sich unaufhörlich auseinanderfaltend.

Das Boot stampfte in der schon seit Stunden unruhigen See. Rhythmisch. Und doch aus dem Takt gekommen. Nun bäumten sich die Wellen noch mehr auf und der Motor setzte immer wieder nach einem Aufdröhnen fast aus, um kurz darauf, als sei es das letzte Mal, wieder erbärmlich aufzuheulen. Jeder Ritt auf dem Kamm der Wellen glich einem kurz bevorstehenden Sturz in unfassbare Tiefen. Mit ihm wurde alles um sie herum aufgewirbelt: Körbe, Kanister, Taue, Gischt, Habseligkeiten und ihre Körper. Das Durcheinander an Kommandos,

Kindergeschrei, Rufen, Stöhnen von Kranken und Verletzten und Gewimmer war genauso laut wie das Tosen der Naturgewalten und skandierte es unnötig. Ein vielstimmiges Chaos aus Panik, Angst und äußerster Verzweiflung. *Cứu vời! Cút ấy! Chém cha!* Haltet euch fest! Bleibt ruhig! – *Được!*[4]

Währenddessen schlug das aufgewühlte Wasser unablässig gegen den Rumpf des kleinen hoffnungslos überfüllten Boots. Brach über der Bordwand zusammen und hinterließ einen schmierig schwappenden, immer tiefer werdenden Pfuhl im Boot. Die letzten Wasserkanister waren, ohnehin meist leer, schon vor Stunden über Bord gespült worden. Ein kleiner, junger Kerl, Dũng, breit und drahtig zugleich, und schon in den letzten Tagen unglaublich mutig, mutiger als sein Name es versprach, hatte kraftvoll nach einem Tau gegriffen und es wie ein riesiges Lasso um die Menschen im ungeschützten Heck geworfen. Alle sollten sich daran festhalten. Doch genau in diesem Moment hatte sich das Boot schon nur um wenige Grad gedreht. Gegen die Strömung. Gegen die Wellen. Gegen den Wind. Gegen jede Seemannsregel. Gegen alles und zu viel. Eine nächste Woge schlug nahezu rechtwinklig an die Bordwand. Dũng griff instinktiv an die Reling und ließ dadurch das Tau los. Das freie Ende schoss mit einer gewaltigen Kraft aus seiner Hand heraus und traf mindestens sechs Personen dicht am Rand. Ein fegender,

---

[4] Hilfe! Scheiße! Verflucht! Es klappt!

schleudernder, peitschender Arm. Hart und gewaltig. Ein plötzlich riesig gewordener Baumstamm. Hart wie ein Stahlrohr. Das sie einfach niederträchtig und gewissenlos mitnahm und jenseits des Boots in die tosenden Wassermassen fallen ließ. Kalt lächelnd. Menschenverachtend. Wie angewidert mit spitzen Fingern ausgeschüttelt. Das wallende Meer und der brüllende Wind erhielten zu ihrem Lärm ein weiteres, ohrenbetäubendes Geräusch. Die panischen Schreie kamen wie aus einem Mund und verstummten keine Sekunde später, als die Körper von den Wasserwänden verschluckt wurden. Für ewig erscheinende Momente war es vollkommen still, hatte Poseidon die Luft angehalten, bis die anderen begriffen hatten, was geschehen war. Dann begann der Tumult. Brandete unbeschreiblicher Jammer über das Boot und forderte die nächsten Opfer. Weil sie versuchten Leben zu retten und die nächste Welle darauf keine Rücksicht nahm.

Hatte der verdammte, zähe, mörderische Krieg schon für unauslöschliche Erinnerungen gesorgt, so ließen nun die Naturgewalten ihre brutalen Brandmarken zurück. Nguyệt, Kim, Út und Lan waren außer sich und trommelten mit ihren kleinen Fäusten auf allem um sich herum. Lan und Út waren schon mit einem Bein über die Bordwand gestiegen, streckten ihre Ärmchen nach den Hilfe suchenden Händen ihre Eltern, doch eine Dünung traf sie, als sie sich ins Wasser stürzen wollten, und warf sie auf die Planken zurück. Das Seil blieb an

Armen und Beinen hängen. Schlang sich wirbelnd um Láns Hals. Dabei rissen die zwei bald alle anderen von den Füßen. Auch Nguyệt und Kim. Ihre gerade mal sieben und acht Jahre alten, schmalen, ausgemergelten, vom Leid der letzten zwölf Tage gekennzeichneten Körper rutschten daraufhin wie Sensenblätter zwischen anderen Geschwistern, Eltern, Verwandten und Freunden umher. Aber es waren ihre Mütter, Brüder und Freunde, die nun weit draußen den gehässigen Tod eilig über der Gischt auf sich zulaufen sahen.

Nguyệt lag auf dem Rücken und presste eine Hand auf ihren Mund. Kein Laut drang aus ihm nach draußen. Sie war hellwach. Durch den Kopf jagte ein letzter Fetzen. Irgendwann hatte Kim damals an ihr Bein gefasst und tonlos und kaum hörbar *Tôi đa bị thương.*, ich bin verletzt, geflüstert. Da war Nguyệts *má* zusammen mit ihrem Bruder Thắng schon lange von den grässlichen, unerbittlichen Fluten verschluckt worden. Und trotzdem schaute sie, wie eine Erwachsene besorgt, an Kims Bein herunter und sah, dass ein Teil fehlte.

Doch all das Schlimme ging nicht zu Ende, hatte weder Erbarmen noch Mitleid, weder Einsicht noch Verständnis, weder freundschaftlichen Beistand noch die kleinste Hilfe. Zwei Tage Gräuel mit weiteren Toten. Am dritten Tag, endlich hatte der Sturm nachgelassen, legte eine junge Mutter ihr verhungertes Baby in ein Tuch gewickelt auf die nun vollkommen ruhige, verlogen blaue See. Langsam löste sich das kleine Päckchen von ihren

Händen und vom Schiff. Dann nahm ein Gott es mit in hoffentlich friedlichere Tiefen. In ein hoffentlich friedliches Leben. Eine Woche später sahen sie am Horizont das Schiff …

Nguyệt setzte sich auf. Schluckte, würgte und presste nun auch ihre zweite Hand auf den Mund. Peter sollte nichts bemerken, keine Ahnung bestätigt bekommen, sondern schlafen, schlafen, schlafen. Noch konnte sie keine Fragen beantworten, noch musste sich der Horror der Erinnerungen austoben, um sich beruhigen zu können. Um die häufigen Träume zu ordnen und zu bändigen.

Sie spannte ihren Körper an. Bezwang so sein leichtes Zittern und Beben. Lauschte dem schwachen rhythmischen Klatschen, das jetzt wieder harmlos war, und atmete mit einem Schluchzer tief ein. Sie schloss ihre Augen und bat Gott, die Götter und die göttliche Mutter *Thanh Mau*, Thắng, ihren Bruder, das Baby und all die Toten, Kim und Mutter nun besser zu beschützen. Für einen kurzen Moment schien ein Lichtschein durch das kleine Fenster neben ihr zu leuchten, seltsam rot und blau, *đỏ, xanh lam*. Rot und blau, *đỏ, xanh lam*. Der kontur- und zusammenhanglose, verwackelte und schlecht gedrehte Film ihres bisherigen Lebens hatte ein weiteres Kapitel, eine endlich klare Szene erhalten.

Schließlich stand sie auf. Eine Hand immer noch auf den Mund gepresst. Griff ziellos mit der anderen nach einem der Taschenbücher, die sie eigentlich für Mußestunden mitgenommen hatte, und ging mit unsicheren Schritten, als sei sie doch wieder auf dem viel zu kleinen Boot, in den schmalen Toilettenraum. Fahrig und vor sich hin murmelnd, *Cút ấy! Chém cha!*, wischte sie mit einem großen Bündel Papier fahrig und wild die hölzerne Brille sauber und setzte sich, wie in so vielen anderen Nächten, eine dicke Lage Papier zwischen ihrer Haut der Schenkel und dem Holz. Den Kopf zur Seite an die Wand gelehnt, versuchte sie trotz des spärlichen Lichts Halt in den Zeilen des Buches zu finden. Peters raschelnder Atem drang leise durch die dünne Tür. Sie blätterte wenige Male. Dann schlief sie erschöpft ein.

An Pagoden, irgendwo in den Reiseführern beschrieben, konnte sie sich nicht mehr erinnern. Wie sollten sie heißen? Pho Minh? Keo? Sie hatte keine Ahnung. Ihr Kopf war seit dieser Nacht zugekleistert. Vollgestopft wie ihr Kuscheltier daheim mit Holzwolle. Da hatten diese Sehenswürdigkeiten keinen Platz in ihm gefunden. Gegen Abend waren sie schon wieder weitergereist. Eine kaum bestimmbare Beunruhigung und die fast vergessenen Bilder raubten ihr einen Teil der Kraft, hatten sie unsicher gemacht und lähmten ihre Aufmerksamkeit. Der Zug war sogar noch schlechter als am Tag zuvor der Bus zur Bucht. Trotzdem hätte sie fast schwören wollen, dass sie in Ha-Long-Stadt auch wieder mit demselben abgefahren wären. Hinter ihr nun eine Nacht, die keine Träume zuließ. Keinen Schlaf. Allenfalls weniger als ein Dösen. Dennoch konnte sie sich kaum erinnern. Egal wie sie sich bemühte. Nichts war eine Erinnerung wert.

Gewohnheitsmäßig und mechanisch hatte sie sich umgezogen, nachdem sie fahrig ihren Koffer im nächsten Zimmer abgestellt und geöffnet hatte. Gedanken- und lustlos nahm sie dabei Peters zärtliche Bemühungen wahr. Die Finger, die auf ihrem Rücken tanzten, bevor sie die Bluse schloss. Nein, nicht jetzt, wo noch so viele Ziele anzusteuern waren. Und dabei dachte sie nicht nur an die in Peters Notizbuch.

Nguyệt stand am Bordstein. Endlich schien die Sonne. Endlich war es wirklich warm. Nicht nur dämpfig. Vor dem Haus gegenüber türmten sich Keramiken an der Wand entlang. Über dem schmiedeeisernen, fast unpassend eleganten Eingang stand *Chua Dao Phang*. Heute Abend würde sie im Wörterbuch nachschauen, was es heißen würde. So viel wusste sie, *Chua* konnte unmöglich sauer bedeuten. Saure Keramik, oder was? Sie musste lachen. Sie zeigte auf das Schild und alberte herum, als müsste sie sich selbst von der letzten Nacht ablenken. Vielleicht musste sie es auch tatsächlich. Peter zog die Riemen des Helmes fest, verstand nicht, grinste dennoch zurück und setzte sich auf den billig wirkenden, mit einer Menge Chrom verzierten Roller, dessen Motor knatterte und stank, während zwei Frauen Peter in Holperenglisch die asiatisch komplizierte Technik zu erklären versuchten. Der göttliche Beschützer, der auf dem roten Schutzschild des Lenkers klebte, hockte in einer Wolke und lächelte milde. Er schien gegen alles gefeit.

„Canh chừng for a ngân-hàng, a bank, then quẹo phải, go right.[5] "

Sie würden sicher auch ohne das Kauderwelsch der beiden die Japanische Brücke aus dem 17. Jahrhundert finden. Jeder Reiseführer hatte Hoi An, die Stadt mit dem einstmals größten Hafen Südostasi-

---

[5] Halten Sie Ausschau nach einer Bank, dann biegen Sie rechts ab.

ens, ausführlich genug beschrieben. Der Weg dorthin war gesäumt von unzähligen historischen Gebäuden. Ein oft vor Dutzenden und Aberdutzenden von Jahren geschaffenes, pittoreskes Ensemble aus Häusern, Tempeln und Pagoden, mit Türmchen und Figuren, verschnörkelten Details, mit tiefen dunklen Gängen und protzigen Toren, die im ersten Moment manchmal mehr versprachen, als ein Blick durch die geschlossenen Gitter verriet. Potemkinsche Kulissen. Trotzdem hinreißend schön.

Im Laufe der letzten hundert Jahre versandete der einstmals größte Hafen in diesem Teil der Welt und die Stadt, obwohl am Ende der Seidenstraße, geriet deshalb in Vergessenheit. So sehr, dass selbst der vernichtende Krieg zwischen dem Norden und dem Süden, zwischen westlicher und östlicher Weltanschauung an ihr vorbeigegangen war. Nun wurden in den alten, pittoresken, aber eigentlich verfallend erscheinenden Lagerhäusern und Handelsniederlassungen Souvenirs verkauft, und nicht mehr Waren, die Handelsschiffe dereinst hier aus Japan oder China in rauen Mengen umgeschlagen hatten. Nun waren diese zu Läden umgebauten Gebäude mit bunten Stoffballen, Lampions oder Maßkleidern gefüllt, welche für die schnell vorbeifahrenden Urlauber über Nacht von ortsansässigen Schneidern genäht wurden.

Sobald es der Platz erlaubte, wurden in den Straßen dicht an den Hauswänden Garküchen aufgebaut. Deren größter Luxus darin bestand, die zuvor in Vitrinen ausgestellten Speisen auf kleinen, mit

Plastikdecken überzogenen Tischen zu servieren. Darunter natürlich auch die alltägliche, in Tausenden Variationen offerierte Phở, die Suppe, die alle Lebensgeister wecken soll. Vor den Ständen niedrige, rote Höckerchen, so klein, dass jedes Kind in einem Kindergarten sich an ihnen erfreut hätte. Nguyệt betrachtete eigentümlich gelb schimmernde Hühner, die mit einer unbekannten Tunke einbalsamiert und mit stolz gereckten Hälsen auf ihre Bestimmung warteten. Sie drehte sich um, doch Peter schüttelte unmerklich den Kopf. Also nur:

„*Xin hai Côla*, zwei Cola bitte."
Der Kaugummi kauende Junge bemerkte ihren Akzent sofort. Für einen kurzen Moment hatte sein freundliches Lächeln einen süffisanten Zug bekommen.

„*Tám mươi nghìn, làm ơn*, achtzigtausend – bitte!", war, ohne zu zögern, seine Antwort.
Diese Geldscheine beanspruchten einfach einen unglaublichen Platz im Geldbeutel. Es sah nach Reichtum aus und bedeutete lediglich ein knappes Eigentum. Für kurze Zeit. Vielleicht sollten sie in den restlichen Tagen doch mit Dollars bezahlen. Nguyệt gab dem Jungen das Geld. Er nickte kurz und wendete sich ab. Peter hob seinen Kopf über der grillähnlichen Pfanne weg und öffnete seine Dose. An der nächsten Ecke hatte er sie zur Hälfte leer getrunken.

„Ich kann gar nicht so schnell trinken, wie ich alles rausschwitze. Wie viel hast du bezahlt?"

„Achtzigtausend Dong. Die Summen hier klingen immer nach Wucher."

„Das *ist* Wucher. – Warte mal!"

Und schon hatte er sich umgedreht. Wenige Sekunden später schaute er dem Jungen mit einem lächelnden Mund, aber ernstem Blick in die Augen. Er wusste, jeder Jugendliche in einer vietnamesischen Stadt würde sein bedächtig ausgesprochenes Englisch gut genug verstehen.

„Achtzigtausend? Für zwei Dosen Cola? Ein ganz schönes Sümmchen. Nicht, dass wir uns das nicht leisten könnten. Aber das ist selbst bei uns ein sehr stolzer Preis. Bei einer solchen Imbissstube ...", Peter schwenkte einen Arm in Richtung des Tisches und des dahinterstehenden Topfes, „... würde man bei uns von Wucher sprechen. Das ist nicht besonders fair, wie du mit ehemaligen Landsleuten umgehst. Schäm dich!"

Der vielleicht Sechzehnjährige war bleich geworden. Schaute nervös zu seiner Mutter hinüber und legte fast militärisch zackig die Hände zusammen und nickte genauso eckig ein paar Mal mit dem Kopf: „*Xin lỗi*, ich tu es nicht machen wieder. Ich mich verrechnet haben. Hier Sie haben Geld zurück."

Das Gesicht des verdatterten Jünglings spiegelte mit einem Mal die Schmach wider, die er nun empfinden musste. Es gab nur weniges, was ein redlich lebender Vietnamese vor den Göttern, Geistern und verstorbenen Ahnen verantworten müsste. Zweifellos aber waren ein Diebstahl und kleiner

Betrug nichts, was er auf seiner Eintrittskarte zum nächsten Leben gebrauchen konnte. Der Fünfzigtausenddongschein lag nun wie eine eklige Spinne auf seiner Handfläche. Peter nahm sich das Geld und wendete sich ab, zwei Schritte später schaute er noch einmal in das Gesicht des Jungen.

„Das ist noch teuer genug!"
Das hatte sogar die Mutter verstanden. Ihre Mimik verriet, dass sie nun ihren Sohn zur Rede stellen würde.

***

Allmählich hatte sie das Gefühl, in diesem Urlaub mehr Zeit in Bussen und Zügen zu verbringen als an den sehenswerten Orten. Die alte Heimat wurde dann für Stunden ausgeblendet. Verwischte mit dem Blick durch die Scheiben und drängte sie zurück auf das riesige Schiff, mit dem sie damals nach … Ja, wohin? … fuhr.

Aber vielleicht hatte man es ihnen auch gesagt. Wahrscheinlich sogar, wahrscheinlich sogar auf Vietnamesisch, aber sie hatte von der ersten Sekunde an die Sprache verloren, vergessen, verlernt. Sie nahm nur mit stoischem Blick an Bord die flachen Teller mit Essen und die Becher mit Wasser entgegen.

Jedenfalls ähnelte jetzt das Gefühl dadurch eher den schwammigen Träumen. Belebt von engelsgleichen Figuren, die eher den Geistern aus diesen Träumen glichen. Sie zog die Augenbrauen hoch und schaute sich kurz um. Unter den heutigen Mitreisenden fand sie aber auch nichts, was an Vietnam erinnerte. Ihrem Vietnam. Babel hatte den Fernen Osten erreicht. Über vierzig Reisende aus fast genauso vielen Ländern. Die einzigen Dinge, die ihr verrieten, dass sie nicht zu Hause in Deutschland war, waren die Enge, der wieder strenge Geruch und die an den Scheiben oder Sitzen geklebten Wörter voller Warnungen und Verhaltensregeln.

Das nächtliche Geruckel und die gelegentlichen Wortfetzen einer aufgedrehten, vierköpfigen Mädchentruppe und deren Gekichere ließen keinen Schlaf zu. Nguyệt musste nicht einmal an ihn denken. Ausnahmsweise war sie froh darüber. Etwaige, aufkommende dunkle Träume würden in dieser Nacht ihr Ziel verfehlen und an ihr vorbeirauschen. Kein seltsames Geräusch, kein schwankendes Schiff, keine gesichtslosen Gestalten. Ohnehin war sie auf Suche nach Erinnerungen, die sich nun mit dem Gesehenen verbanden und ihr die ersten acht Jahre ihres Lebens erklärten. Es ähnelte dem Blitz am Ende dieser Träume. Hinter ihr ging aber ein neues Geplärre los.

Peter machte all das nichts aus. In dem nach hinten geklappten Sitz neben ihr am Gang ähnelte er einem menschlichen Leporello, das durch den Parcours der Straße leicht hin und her wackelte. Gelegentlich war ein raues Atmen von ihm zu hören. Und sie nagte mit ihren Zähnen auf ihrer Unterlippe herum, zog eine wild gemusterte Decke über ihre Beine und drehte sich etwas zum Fenster. Wischte mit einem Ärmel über die Scheibe und musterte ihr Gesicht. Für einen kurzen Moment hielt sie es für aufgedunsen und schüttelte dann doch den Kopf. Hinter dem Spiegelbild huschte eine dunkle Landschaft vorbei.

Später grub sie das kleine Wörterbuch aus ihrer Tasche aus, blätterte ziellos in ihm herum, *Khỏe không? –* Wie geht es Dir? *Làm sao tôi đến thành phố? –* Wie komme ich in die Stadt? *Món ăn này tên là gì? –* Wie heißt dieses Gericht? –, bevor sie zwischen die letzten Blätter griff. Dorthin hatte sie ein kleines Foto gesteckt. Die Ränder waren schon ein wenig vergilbt und eingerissen und das Gesicht wirkte nicht frisch aufgenommen. Doch das beschwichtigende Lächeln ihre Mutter war unverkennbar. Mit dem Daumen strich sie über die Oberfläche und drehte das Foto anschließend um. Auf der Rückseite standen vier Zeilen in ihrer typischen kleinen Schrift. Die einzigen Zeilen, die ihre *má* ihr hinterlassen hatte:

Tớ rất mừng
khi nhìn thấy ấy.
Khi ấy ốm tớ ko yên
vì ấy cho tớ nghị lực[6]

Ihre Mutter hatte ihr das Bild, das seitdem alles überstanden hatte, vor über dreißig Jahren in die

---

[6] Ich freue mich, dich zu sehen, das macht mir Mut. Als du krank warst, war ich unruhig.

Hände gelegt, als Nguyệt böse erkrankt war. Sie sollte keine Angst mehr haben müssen, wenn sie jemals wieder krank werden würde. Die mütterliche Kraft war von da an im Bild gespeichert. Kaum zwei Jahre später beschützte sie Nguyệts Leben im dramatischsten Moment auf tragische Weise. Doch ihre *má* sollte ihr nie wieder zur Seite stehen können. Nguyệt fuhr sich mit einer Hand über die Augen, küsste die Finger ihrer linken Hand und legte sie vorsichtig auf das Foto.

„Hãy về đây bên anh! Anh yêu anh.[7] "
Wörter, die sie nie hätte vergessen können. Deren Emotionen jeden Akzent verhinderten. Es war ihr erster Schrei. Damals auf dem Boot. Und der zweite. Sowie der dritte und vierte und fünfte und sechste und siebte und achte und neunte und zehnte und elfte und zwölfte. Bis zu dem, für den es längst schon keine Zahl mehr gab. Worte, die sich in ihr einbrannten. Die sie glaubte in ihren Träumen jedes Mal zu rufen, wenn die Gestalten in diesen nach ihr griffen.

Still und ohne jegliche Bewegung ließ sie ihren Tränen freien Lauf. Beobachtete sie in der Scheibe ihr Gesicht herunterlaufen. Sie wusste, dass sie reinigen konnten. Vielleicht. Sie wusste, dass ihr das Bild seine Kraft wieder schenken würde. Hoffentlich. Nein, sie war sich sicher. Die nächsten Tage könnte sie gelassener angehen.

---

[7] Mutti, komm zurück zu mir! Ich hab' dich lieb.

Irgendwann am Morgen waren ihre Augen trocken. Peter, so hoffte sie, würde glauben, sie hätte wieder schlecht geschlafen. Doch würde sie ihm den wahren Grund für die geschwollenen Augen verschweigen.

Es war kurz vor fünf, als der Bus in die Straße, die am langen Strand vor Nha Trang entlanglief, abgebogen war. Einige Hundert Meter später hielt der Fahrer an. Der Horizont hatte rötlich orange zu glühen begonnen. Draußen auf dem Meer dümpelte die Insel Vĩnh Nguyên etwas rechts davon in seinem Licht. Vor ihr ragten die wild malerischen Felsen von Hòn Chồng ins Meer, in denen der Abdruck der Hand eines Riesen deutlich zu sehen war. Das Bühnenbild für die nahezu kitschig anmutende Vorführung vor ihr: Denn mindestens drei Dutzend Menschen übten sich in den langsamen Bewegungen des Schattenboxens. Wenn nun noch aus einem der Strandcafés, statt des asiatischen Geträllers, Café-del-Mar-Musik zu hören gewesen wäre, hätte sich Nha Trangs Beiname „Nizza des Ostens" von selbst erklärt.

Währenddessen explodierten am Horizont die Farbtöne. Die Sonne schob sich mit ihrer glühenden Schädeldecke gerade über die Kante des Meeres, als auch schon ihr erster Strahl, der wie ein Balken Licht auf dem Meer schwamm, den Sand leuchten ließ. Nguyệt, Peter und die Schwedinnen stiegen aus, liefen an den Saum des Wassers vor und schienen in Millionen kleinster Kristalle zu stehen. Für einen kurzen Moment hatte die Welt ihre verdiente Ruhe erhalten und eine Pause eingelegt. Bis die vier blonden Schwedinnen, die schon die ganze Nacht gackernd durchgemacht hatten, laut johlend in die Hände klatschten und herumhüpften. Jetzt war es nicht Nizza, sondern doch Ibiza geworden. Von irgendwoher hatten sie sogar eine Flasche Hochprozentiges mitgebracht und ließen sie zwischen sich kreisen. Klischees bestätigten sich also auch in zwölftausend Kilometer Entfernung. Auch sie waren trinkfest.

Stunden später kehrten Peter und Nguyệt wieder hierher zurück. Das Wetter hatte seinen Glanz, den goldenen Schimmer verloren, doch die Temperatur hätte in Deutschland für mehrere Sommer gereicht. Der Strand war trotzdem so gut wie leer. Nur ein Pärchen schlenderte an der Wasserlinie entlang. Der Ort strahlte eine betörende Ruhe aus. Lediglich das Transistorradio von heute Morgen verteilte im Wechsel mit einem heiseren Sprecher leise krächzend seinen Musikmüll in der Luft. Es hätte sicher auch einen Sender mit melodischerer, vietnamesischer Musik gegeben.

Nguyệt grub mit ihren Zehen im Sand und schaute sich um. Die Schwedinnen waren wohl weitergereist. Sie hätte ihnen sonst zugetraut, sie hier, entgegen den Gewohnheiten, zumindest in Bikinis anzutreffen, wenn nicht sogar mit entblößten Brüsten herumschwimmen zu sehen. So blieb es bei einigen wenigen Badegästen, die allmählich hinzukamen und fast gänzlich bekleidet in der leichten Brandung standen. Außer ein paar jungen

Männern, die nichts anderes als eine Badehose und ein T-Shirt anhatten. Vietnam war noch ein Land, in dem man sich schämte. Oder Anstand hatte. Nguyệt hatte für beides Verständnis. Ihr erging es nicht anders, wenn sie statt eines Bikinis einen Badeanzug wählte oder sie, wenn Peter in der Dunkelheit mancher Nacht mit seinen Fingern nach ihr suchte, eine Umleitung ausschilderte.

Die fast primitive Optik der Strandbars genügte hingegen höchstens den Ansprüchen eines Feuerwehrfestes in der Rhön. Sie blickten die nicht enden wollende Reihe der blau-weiß gestreiften Liegestühle entlang.

„Man könnte glatt den Eindruck haben, dass sie sich mit einem Sonderposten eingedeckt haben", meinte Peter grinsend, schaute sich kurz um und wählte in der Nähe eines billig zusammengezimmerten Tisches, der zudem für den Fall der Fälle unter einer Regenplane stand, zwei anscheinend frisch bespannte Stühle. Heute würde er diesen Platz nur für bestimmte Angelegenheiten verlassen.

In den nächsten zwei, drei Stunden waren sie die einzigen Gäste. Schräg hinter ihnen saßen vier Kinder und erledigten zusammen ihre Hausaufgaben. Ein kleines Mädchen hatte dafür die Brille ihrer Mutter aufgesetzt. Mit ihr sah sie amüsierend altklug aus. Es störte sie nicht im Geringsten. Hoch konzentriert schrieb sie etwas auf ein Blatt Papier. Las es sich wieder und wieder vor und nickte anschließend zufrieden mit dem Kopf. Dann zog sie ein Buch aus einem Stoffbeutel und verglich ihren Aufschrieb wohl mit dem Inhalt des Buches. Die ganze Zeit über hob sie nicht einmal den Kopf und schaute zu ihnen herüber oder zum Meer. Das da draußen war sowieso zu alltäglich. In Europa hätten die Kinder längst im Sand gespielt und Burgen gebaut und ihre Hausaufgaben vergessen.

Am frühen Nachmittag bestellten sie frisch gegrillte Riesengarnelen. Neben die beiden großen Teller wurden die Schüssel voller duftender Garnelen und einige Dips und Soßen gestellt. Der Preis war angesichts der Portion für europäische Verhältnisse lächerlich. Doch in Vietnam entsprach er einem Vermögen. Sie waren einfach zubereitet, aber genial und lecker. Nguyệt konnte sich nicht daran erinnern, jemals so gut schmeckende Garnelen gegessen zu haben. Das billige vietnamesische Bier wollte dann auch gar nicht dazu passen.

Eine kleine Gruppe überschwer ausgerüsteter Tauchschüler lief an der Kante des Wassers entlang. Fünf Minuten später saßen sie in einem nicht sehr vertrauenswürdigen, rostigen Schiff. Es war ziemlich klein, erinnerte aber an das genauso verlotterte Wasserschiff in der Hạ-Long-Bucht vor zwei Tagen. Nur die knallorange gestrichene Reling signalisierte nicht nur ihren Zweck, sondern auch, dass dies der neueste, aber lediglich mit einer weiteren Farbschicht versehene Teil des Schiffes war. Neben dem Schiff dümpelte ein *thung chai*, ein nahezu riesiger, runder Korb, mit dem man früher Dinge von noch größeren Schiffen zum Strand transportierte. In ihm lagen die Sauerstoffflaschen. Nguyệt schaute von ihrem Buch auf, lugte zu der watschelnden Truppe und überlegte nur kurz, was der Tag noch bringen könnte. Doch Tauchen wäre angesichts eines solchen Aufwandes somit auch nichts für sie. So schüttelte sie den Kopf und sah den Tauchern zu, als sie in das Boot einstiegen. Abends sollten alle an den Tischen vor dem Dive Center sitzen und den Vorrat der Heineken-, „333"- und Tiger-Bierdosen deutlich reduzieren.

Nguyệt senkte wieder ihren Blick und las weiter. Aber schon nach wenigen Zeilen war sie unkonzentriert. Die vergangenen Tage waren zu einem Sturm von Eindrücken geworden, der sich leise tosend einen Platz in ihrem Kopf verschaffte. Ein Orkan, der alte Bilder und Erinnerungen mit denen der letzten Tage durcheinanderwirbelte. Einige von ihnen hatten die Eigenschaft, sich gegenseitig zu überdecken und zu ersetzen. Die Farben der Landschaft hier traten an die Stelle derer, die in Deutschland zu asiatischen Farben geworden waren. Die dort selbst den Krimskrams in angeblich authentischen Asialäden manipulierten. Pseudosouvenirs. Abends im Fernsehen gezeigte Armut, die sie immer wieder zu Tränen rührte, verlor mehr und mehr ihre Strenge. Wurde gewöhnlich und beseelte sie mit einem ihr noch unbekannten Stolz. Stolz, der ihr bisher eher Angst gemacht hatte. Weil er so unnahbar erschien.

„Sollen wir uns noch einmal so eine Portion leisten? Wer weiß, wann wir je wieder so gute Garnelen bekommen."

Nguyệt brauchte wieder einige Augenblicke, bis sie wieder am Strand von Nha Trang saß. Dann lächelte sie Peter an und nickte.

„Ich werde wie ein Hefekuchen auseinandergehen, wenn wir so weitermachen. Du bist dann schuld. Wehe ich höre Beschwerden. Guck nur."

Sie zwickte mit ihren Fingern ein undefinierbares Fältchen am Bauch, das alles andere als Speck beinhaltete. Peter winkte ab. Er kannte ihre Allüren, wenn es um die Figur und das Gewicht ging. Fünfzehn Minuten später kam der gefüllte Teller.

Nguyệt glaubte eine Verunsicherung im Gesicht der lächelnden Frau zu sehen. Wahrscheinlich hat sie nur selten eine so spendable Kundschaft. Wenn überhaupt. Denn die meisten Taucher aßen nicht hier. Oder sie dachte, einen dieser fremdländischen Angeber zu Besuch zu haben, aber was sollte dann die Vietnamesin bei ihm? Wir haben so etwas doch nie nötig gehabt.

„Ngon lắm. Thức ăn ngon lắm. Cảm ơn bạn! bởi vậy anh mới tới đây ...[8]*"*

Kein Stottern. Kein Zögern. Kaum ein fremder Klang. Ohne Anstrengung. Als hätte sie nie etwas anderes gesprochen. Es fehlte nur ein wenig der melodische Ton, diese Art von Gesang. Mit den letzten Worten deutete Nguyệt auf die gebrachten

---

[8] Es war köstlich. Das Essen war sehr gut. Danke sehr. Deshalb ...

Teller, als müsse sie ihre Bestellung erklären. Sie war angekommen. So gut wie. Trotz der vielen Bilder, der schrecklichen Rückblenden in ihrem Kopf, der manchmal vorhandenen Furcht. Die nächsten Tage würde sie nun zweifellos gelassener angehen können. Auch wenn die Sprache dann und wann eine Ausnahme bleiben würde.

Am Abend gingen sie über den Tran Phu Boulevard an Geschäften und kleinen Läden vorbei zurück zum Hotel. Neben Nippes lagen Alltagssachen. Neben käuflichen Erinnerungen, deren Ursprung mitunter zweifelhaft war, die vermeintlich nützlichen Souvenirs. In eine kleine Straße abgebogen, standen in einem Laden große Einmachgläser auf den Regalen. In ihnen *Cá Ngựa*, jener Seepferdchen-Cocktail, der Männer stark und ausdauernd machen sollte – dafür. Eingelegt in Alkohol mit Seesternen und Kräutern. Peter verzog das Gesicht, um in der Sekunde darauf schelmisch zu drohen:

„Vielleicht sollte ich mal ein Gläschen versuchen?"

Dann stupste er Nguyệt augenzwinkernd in die Seite und sie antwortete mit einem gequälten Lächeln, weil sie an den angeblichen Effekt dachte und an das Schauspiel, wenn er das scharfe Zeugs trinken würde.

Hier in den Nebenstraßen wartete unvermutete Ursprünglichkeit auf zahlende Touristen. Diese aber kamen zum größten Teil nicht mehr aus Amerika oder Europa. Hier waren die Vietnamesen selbst zu Gast. Man musste ihnen nur auf die Finger schauen, um zu wissen, was sich nach Hause mitzubringen lohnte. Denn in diesen verwinkelten Gassen waren die Läden voller Kunsthandwerk, das alles andere als kitschig war. Es gab Web- und Lackarbeiten. Kleine Skulpturen aus Marmor. Seidentaschen und aufwendige Schnitzarbeiten.

Wieder ein paar Läden weiter wurden die letzten Sonnenstrahlen von lichten Stoffen reflektiert. Wie Fahnen hingen Kleider nebeneinander an Bügeln herunter. Einige strahlend weiß. Andere mit zartem Muster in pastelligen Farben. *Áo Dàis*. Körperlose Engel, ätherisch und verspielt. Ein Wind erfasste den Stoff und füllte ihn mit Leben und ein Ärmel hob seine Hand. Winkte Nguyệt zu. Sie blieb stehen. Hielt den leichten Stoff mit ihren Fingern fest und spürte sofort die Magie. Eine starke und zugleich zerbrechliche Weiblichkeit. Den viel zu seltenen Stolz. Die Kraft der fast vergessenen Jahre. Das weitere Band, das sie mit der Heimat immer unauflöslicher verflechten würde.

Gleich in mehreren Sprachen lud ein handgeschriebenes Schild mit unzähligen Schreibfehlern zu einem Besuch ins Innere des Geschäftes. Und ein elfenhafter Zuruf aus alten Träumen. Sie strich mit ihren Händen über die wehenden Wesen und trat ein.

bốn

Wieder eine unruhige und ruckelnde Fahrt im Bus. Doch dies störte sie nun nicht mehr. Auch wenn alles im Grunde noch schlimmer war. Die Enge, der Lärm und die fehlende Sauberkeit. Einige Stunden mehr darin gen Süden. Nach Đa Lạt. Na und? Peter hatte seinen Spaß. Wieder war ein kleines Kind dabei. Quyet. Ein Junge, höchstens eineinhalb Jahre alt. Sein Mund stand nicht still. Er plapperte und gluckste. Selbst den Vietnamesen war es unmöglich, sein Gebrabbel zu verstehen. Es war auch vollkommen unwichtig. Ohne Unterlass lachte der Kleine. Patschte mit seinen Händen auf allem herum. Auf den Sitzen, Büchern und Gesichtern. Auf Taschen, Scheiben und Kleidern. Und auf den Teller mit Brei. Der Bus hatte eine gute Unterhaltung. Mitten in der Nacht.

„Es ist echt unglaublich. Sie gehen ganz anders mit ihren Kindern um. Viel natürlicher. Und doch mit Sorge und Bestimmtheit. Einfach klasse."
Peter lachte mit Quyet um die Wette. Am Ende wirkte er nicht viel älter als der kleine Mann. Eine Mischung aus Bewunderung und Zweifel regte sich in Nguyệt. Ob sie jemals so etwas leisten könnte? Im Geschäft machte sie schon ein schreiendes, quengelndes Kind nach einer halben Minute nervös und brachte ihren Rhythmus für Minuten aus dem Takt. Mischte sich ein Schmerz darunter, hielt sie es nicht mehr aus. Dann sah sie für einen kurzen Moment die junge Frau in dem Boot und

hörte sich gleichzeitig schreien. Dann rannte sie aufgeregt hin und her und nach einer weiteren Minute hinaus.

Quyet schrie. Plötzlich und unvorbereitet tat sich mit seinem Gehampel ein Vexierbild vor ihr auf. Nach so viel Lachen. Aber wie die Wellen, die nun genauso plötzlich wieder über dem Boot und Nguyệt zusammenschlugen. Dũngs atemlos erregte Kommandos, das Bild von Kims zerstörtem Fuß, das tote Baby in Stoff gewickelt, die Lücke, die Mutter und Thắng im Boot hinterlassen hatten, der unermessliche Abgrund, der sich dann in ihrer Seele auftat, war wie auf die Netzhaut ihrer Augen projiziert. Wie würde es erst sein, wenn sie einen ganzen Tag, den nächsten und die Fülle der ganzen folgenden, einen solch kleinen Hosenmatz um sich hätte. Tag für Tag. Der Zweifel wuchs mit einem Mal schneller als die Bewunderung. Schneller als der immer wiederkehrende Wunsch, einmal selbst Mutter zu sein. Eine mögliche Wunde an dem Knie ihres gestürzten Kindes führte jetzt schon zu einer kurzzeitigen Bewusstlosigkeit. Das Lächeln, das Peter gelten sollte, war durch diesen Wirrwarr im Kopf etwas entglitten. Doch bemerkte er es nicht. Auch wenn er es vielleicht gesehen hatte.

Das Zimmer in dem Hotel bot einen dagegen beruhigenden und herrlichen Blick auf den Xuân-Hương-Stausee und die Gemüseterrassen der gegenüberliegenden Seite. Der Ort selbst wirkte rund um das Ufer wie eine Kopie eines Freizeitparks.

Wie die realisierten Vorstellungen der Vietnamesen vom Disneyland. Tretboote mit Schwanenkostüm säumten in unzähligen Ausführungen die Holzstege. Auf den Wiesen weideten edel anmutende Pferde und zwischen ihnen fuhren kleine Elektrowägelchen die Golfgäste von Loch zu Loch. Das riesige Ngoc-Lan-Hotel schloss eine Seite des Geländes wie eine Arena ab. Dort gastierten trotz des staatlich verordneten Sozialismus die wohlhabenden, reichen Vietnamesen, die es doch eigentlich nicht geben dürfte. Wie zur Entschuldigung hing unweit davon ein langes rotes Spruchband mit einer entsprechenden Parole, das unterhalb mehrerer Terrassen an einem Zaun befestigt war. Eine Aufforderung zum geordneten Leben. Widersprüche gehörten zum Alltag des Landes. Wie Wasser in diesen See.

In diesem gaukelnden Paradies lebte man das, was Fernsehsendungen, Zeitschriften und Werbung über alle Äther hinweg als Glück propagierten. Für ein freies Leben. Und ein befreites. Von Kriegen und Auseinandersetzungen. Von Sorgen. Nöten. Endgültigen Entscheidungen. Vielleicht liebten die Vietnamesen deshalb Đa Lạt, weil es so leicht ist, diesen Ort zu mögen. Für alle. Schon immer. Denn auch die Franzosen mochten das milde Klima und stampften um das Jahr 1917 Đa Lạt aus dem Boden und den künstlichen See gleich dazu. Früher spazierten dann die Kolonialherren an seinem Ufer, heute reisen vietnamesische Hochzeitspaare an den See, für romantische Fotos fürs Familienalbum. Die hellbraune, schmuddelige Farbe des Wassers zur Regenzeit stört sie nicht.

Auch Nguyệt und Peter entschlossen sich für einen befreiten Nachmittag ohne Sorgen, Nöte und irgendwelche endgültige Entscheidungen und umrundeten mit Begeisterung und einem geliehenen Tandem den See. Überquerten ihn mit einem der Tretboote mit Schwanen-Design und erwarteten fast, dass sich das Hotel in ein zweites Neuschwanstein verwandeln würde. Und zum Schluss ließ sich Peter, von einem Kopfschütteln von Nguyệt bedacht, sogar noch für ein paar Dong-Scheine im Cowboykostüm samt Spielzeugpistole auf einem Pony fotografieren.

Später ging Nguyệt durch den Park. Ließ sich von den Wegen leiten und fand endlich den richtigen Ort, um ihre Ruhe wiederzufinden. Die gepflegten Reste eines Klosters mit Bänken davor. Jede von ihnen mit einer anderen Aussicht auf die Umgebung. Der Prospekt an der Theke hatte nicht zu viel versprochen. Genauso wenig wie ein Buch aus dem Regal ihres Onkels: Ein Ort für die Sinne. Ein Ort, um die Seele für die nötigen Minuten zur Ruhe kommen zu lassen. Der Ort, der ihrer Ankunft vor Jahren in Deutschland ein Spiegelbild war. Hier könnte sie endlich die Kraft schöpfen, für den eigentlichen Grund ihres Urlaubs, den nächsten Schritt, der am nächsten Tag folgen sollte, der eine noch realistischere Begegnung mit ihrer Vergangenheit bringen sollte, dieser galt es, standhalten zu können. Sie wählte eine Bank, setzte sich und atmete tief durch. Dann zog sie das kleine Büchlein mit dem Bild ihrer Mutter aus ihrer Handtasche.

Zooming

Das Boot, ein motorisierter Nachen, fuhr langsam an armseligen, gebrechlichen, sich aneinander-, ja fast aufeinanderstützenden Bauten am Ufer vorbei. Aus deren Fenstern und über wackeligen Brüstungen davor hing Wäsche und versuchte in der schwülwarmen Luft zu trocknen. Kleine Lastkähne, zum Bersten mit Melonen, Kürbissen, Kokosnüssen und Früchten beladen, querten den Fluss. Um sie herum ein quirliges und tuckerndes Treiben. Die Angebote des Wassermarktes hingen an den Masten, für jedermann zu erkennen: Karotten, Kohl, Ananas. Dieser Strom war deshalb seit jeher nicht nur Fluss, sondern auch die Lebensader für viele Menschen. An und auf ihm wurde Handel betrieben und wurden Häuser gebaut. Der Mekong gibt Nahrung, Arbeit durch Fischerei und Fischzucht, Wasser für den Reis- und Gemüseanbau, er dient zum Waschen, Trinken, Essen und Kochen. Das ganze Leben an diesem Fluss ist von ihm selbst bestimmt. Fast wie von einem Gott gewollt.

Jetzt glitten sie mit dem knatternden und stinkenden Kahn über einen seiner Seitenarme im Delta. In wenigen Stunden würde Nguyệt in einer vertrauten und zugleich fremden Umgebung sein. Der Mekong, die Fahrt auf ihm war nur noch Mittel zum Zweck dafür, der Weg, sich anzunähern. Hier auf und an diesem Fluss hatte die Reise, viel länger als nur diese zwei Wochen Urlaub, vor mehr als dreißig Jahren begonnen. Erstaunt stellte sie fest, dass ihr alles bekannt vorkam. Daher hoffte sie, dass die nächsten Stunden ohne Angst ihr gehörten.

Dennoch ging alles Schlag auf Schlag und damit viel zu schnell. War das Haus schneller erreicht, als der Kopf sich darauf einstellen und sie die möglichen Namen aufzählen konnte, die sie vielleicht zu begrüßen hatte. Eine Traube von Menschen stand ihr lächelnd und neugierig gegenüber. Groß und Klein, Alt und Jung. Vom zarten Mädchen bis zum gestandenen Mann. Vor ihnen alle ihre Großmutter. Als sei es erst Wochen her, dass man sich gesehen hatte.

„*Chị có khỏe không?* Wie geht es dir?", fragte sie, ihre *bà*, ihre Großmutter, diese mit einem besorgten Blick auf Nguyệts schlanke Figur. Nguyệt antwortete langsam mit den in den letzten Nächten immer wieder gelernten Wörtern aus dem Sprachführer. Sie lächelte, sie hatte den Blick bemerkt.

„*Tôi không được khỏe lắm*, mir geht's nicht so schlecht."

„*Bạn làm nghề gì??*"
Nguyệt biss sich auf die Unterlippe und spürte den Schweiß auf der Stirn hinunterlaufen. Nicht nur wegen der unglaublichen Schwüle. Die Frage musste sie konzentriert in Scheibchen, in die einzelnen Laute aufdröseln, bevor sie ihren bereits erahnten Inhalt verstanden hatte.

„*Hiệu sách.*" Buchladen. War ihre kurze Antwort. Der richtige Satzbau hätte weitere Sekunden gekostet. Dann stand ein Cousin neben ihr und sprach sie auf Englisch an. Erleichtert erwiderte sie seinen Gruß und er erklärte der *bà*, warum sie kein Vietnamesisch mehr sprach. Aber eine Begründung war es nicht. Ihr Onkel konnte es doch auch. Und hatte der nicht viel Schlimmeres erlebt? Besuchte sie ihn nicht sogar regelmäßig?

Dennoch, von nun an ging alles leicht. Sie saßen an einem großen Tisch auf Hockern, bescheidenen Stühlen und Kisten. Die Terrasse war einfach, ein langjähriges Provisorium. Wie das Haus, dessen Wände nicht verputzt waren und das durch viel zu leicht zu öffnende Türen zu betreten war. Keiner hatte Angst vor Dieben. Diese hätten ohnehin nichts zu finden.

Alle waren neugierig, doch jeder hielt sich bescheiden zurück. Ihr Cousin und die älteren Cousinen gestalteten das Gespräch, Großmutter und Großvater hörten mild lächelnd zu und warteten geduldig darauf, ein weiteres, kleines Teil aus Nguyêts Leben zu erfahren, während Peter sich mit den Kleinsten beschäftigte und hin und wieder Nguyêt englische Vokabeln zuflüsterte, wenn diese ihr gerade nicht einfielen.

Irgendwann standen sie auf, machten Fotos. Jeder mit jedem. Jeder von jedem. Arrangiert und drapiert. Zu zweit, zu dritt, in Gruppen. In wechselnder Besetzung. Später auf den Bildern ausnahmslos schlanke, drahtige, ja, hagere Gestalten. Sie fühlte sich etwas deplatziert und doch ganz nahe. Danach gingen sie durch den Garten. Arm in

Arm. Gut gelaunt, freundlich, lachend. Obwohl sie einander nicht immer verstanden. Mitten im Garten die Hütte. Ihre Hütte. Von jeher. Wartend auf sie. Gleich einem Tempcl. Grau und baufällig, wie der im Hồ-Hoàn-Kiếm-See in Hanoi. Jetzt aber aus Holzplanken und von einem Sonnenstrahl beschienen. Doch Thẳng, ihr Bruder, tanzte nicht vor der Tür. Es gab keine Pfützen. Nur ihre *bà* stand hinter ihr, zuckte mit der Schulter und berührte sie leicht am Arm:

„*Tôi bị mất chìa khóa.*[9]"

Nguyệts Cousin lachte leise:

„Das macht nichts. Es kann nichts abhandenkommen."

Sie schaute ins Innere. Sie fand sich sofort zurecht. Durch die Ritzen fiel genügend Licht – wie bei ihr zu Hause. Zudem waren in den Brettern der Wände immer noch die gleichen Spalten und Löcher. Durch diese konnte sie schon damals in das Grün der Landschaft sehen. Nun sah sie außerdem das neue Haus. Sie musste sich nur ein wenig bücken oder strecken. In der linken Ecke das dreieckige Brett, auf dem seinerzeit zwei Kerzen und ein Gefäß mit Blumen standen. Der Hausaltar. Auch der Topf war noch an seinem Platz, rechts unten auf dem schmalen Tischchen an der Wand. Nguyệt spürte Tränen aufsteigen und wendete sich ab. Bilder und Wörter von damals purzelten in ihrem Kopf durcheinander. Damals. Damals hatte

---

[9] Ich habe den Schlüssel verloren.

Großvater auch so ein Werkzeug. Damals hatte er damit etwas an dieser Wand repariert. Damals loderte das Feuer so geheimnisvoll und warm. Sie bückte sich, hob den aber jetzt kalten Topf in die Höhe und begutachtete ihn. Eine Melodie kam ihr in den Sinn. Wie von selbst summte sie eine Strophe. *Một con vịt xòe ra hai cái cánh. Nó kêu rằng:* „*Cáp cáp cáp, cạp cạp cạp*"[10]. Bei dem *Quak Quak Quak* und dem *Gack Gack Gack* musste sie lachen und konnte es nicht erklären. Sie wischte sich Tränen aus den Augen und von den Wangen und eine kleine Hand legte sich in ihre. Sanft zog sie sie an sich und tanzte zu der nicht hörbaren Melodie mit ihrer kleinen Verwandten, die wiederum an Peters Hand zog und ihn dazu nahm.

„Sie sind so unglaublich nett", meinte er lachend und hüpfte ungelenk mit dem kleinen Mädchen an der Seite. Nguyệt schaute in den Himmel, wischte sich imaginären Regen aus dem Gesicht und sah ihn an. Auch er war nett, aber ihren Bruder konnte er gerade nicht ersetzen. So fühlte sie nur für einen kurzen Moment ihre alte Leere wieder gefüllt und als sie Peter mit den Kindern und ihre Großmutter neben den Cousinen und Cousins sah, wie immer weniger davon übrig blieb, bis das Nichts wieder der Leere in ihr Platz machte.

„Chúng ta có thể cùng nhau đi dạo một chút được không?"[11]

---

[10] Vietnamesisches Kinderlied
[11] Gehen wir ein bisschen spazieren?

Großmutters Frage klang eher wie eine Aufforderung. Nguyệt schaute zu ihrem Cousin.

„Wahrscheinlich möchte sie euch etwas zeigen."

Minuten später waren sie auf einem Fahrweg. Um sie herum die Weite des Deltas. Nahezu unendlich. Alle lachten und redeten in einem herrlichen Durcheinander. Jeder war neugierig auf das, was Nguyệt über ihr Leben in Deutschland schilderte. Und sie erzählte, so gut es ging. Hätte Nguyệt ihre Sprache nicht verlernt, wären auch Details möglich gewesen.

Der Pfad bog ab. Führte in die Reisfelder. In ein frisches, leuchtendes Grün. Die Farbe der Schale einer fast reifen Mango. Jedes Grün mit einer Intensität und Schattierung, die Nguyệt nicht kannte, zumindest nicht aus ihrer neuen Heimat. Sie konnte sich nicht sattsehen. Plötzlich schrak sie zusammen. Ein dumpfer, kaum schallender Knall hinter ihr. Eine Erinnerung, Trope für vergangene Zeiten. Ähnlich einer vollen Glasflasche, die aus geringer Höhe flach auf einen Teppichboden fällt. Ein dickes Buch, ein übergeschlagenes Bein, das aus seiner gemütlichen Haltung abgerutscht war, eine gespreizte Hand, die auf ein Polster klopft, ein aus einem Hinterhalt abgegebener Schuss. Dumpf, präzise und tödlich. Damals war sie lange und weit gerannt. Alle waren sie gerannt. Nachbarn, Freunde, Bekannte aus Mỹ Tho, ihrer Stadt, und Fremde, Unbekannte von der anderen Seite des

Flusses. Atemlos und manche trotzdem jammernd und schreiend. Selbst die Männer. Die Beine, Lunge, der ganze Körper schmerzten seit Stunden. Wie der Magen durch Hunger. Immer wieder glaubte sie die Stimme ihres Vaters zu hören, „*Số phận! Chạy! Chóng! Mau!* – Auf! Lauft! Schnell! Schnell!" Die Hand ihres Bruders schob sie weiter, hinderte sie stehen zu bleiben, sich umzudrehen. Mit einem Mal dieses Geräusch. Ein widerwärtiges Plopp. Eindeutig, hart und prägnant. Es hatte nichts Technisches an sich. Nichts, was lärmte. Aber eine Stimme in ihr machte innerhalb eines Bruchteils von einer Sekunde klar, was passiert war. Sie zupfte an Thắngs Ärmel, „Warte!", blieb stehen und drehte sich um. Ein Mann, gekleidet wie damals ihr Vater, war keine fünfzig Meter hinter ihnen auf die Knie gesunken, sein Körper eigentümlich nach hinten verrenkt, wie in einer Bewegung, ein Arm und eine Hand schienen zu winken, bevor er einfach nach vorne kippte. Ohne weitere Regung. Ihr Bruder riss sie am Kragen mit, zerrte an ihrer Hand, die er wie ein Schraubstock umklammerte. Und sie rannten weiter. Betäubt. Ohnmächtig. Ohne Bewusstsein.

Jetzt also vor ihr, kaum zwanzig Meter entfernt, drei weiße Türmchen, kleine Stupas, die sich am Wegesrand wie Zipfelmützen in die Höhe reckten. Altäre, Wegmarken, die es damals, als sie ein Kind gewesen war, noch nicht gegeben hatte. Mit einem Mal war Nguyệt allein, stand sie losgelöst von den anderen vor diesen Mini-Pagoden, die an das erinnerten, was geschehen war. An das, was ihre Träume so oft füllte. Sie beugte sich vor, die Hände auf die Schenkel gelegt, und flüsterte ein paar Sätze. Wünsche. Bitten. Hoffnungen. Gebete. Auf Deutsch? Auf Vietnamesisch? Sie wusste es nicht.

„Er war Polizist. Mit einer Chinesin verheiratet. Somit nicht gut gelitten. Man beäugte ihn, beobachtete sein Handeln. Und als die Vietcongs näher rückten und meinten, die Zeit sei gekommen, machten sie Hatz auf solche Leute. Drangen in ihre Wohnungen und Häuser ein. Nahmen vor ihren Augen ihre Frauen und Töchter – und deren Leben, dann das Geld, die Möbel und die Habseligkeiten. Alles. Selbst wenn sie es nicht gebrauchen konnten. Allein, um zu demütigen. Am Ende jagten sie die Männer vor die Tür und durch die Straßen. Hier, an dieser Stelle haben sie deinen Vater erschossen. – Wie du siehst, nicht weit von unserem Haus entfernt."

Zurückgekehrt, kaum noch eine Stunde für Gespräche. Ein letzter Gang durchs Haus. In einem Zimmer ein Schrank. In ihm trockene Blumen, Gegenstände und Bilder. Fotos. Von ihrem Vater. Ihrer Mutter. Sie vor einem Busch stehend, im Hintergrund Häuser. Er nachdenklich, ein Passfoto. Und Hochzeitsbilder. Kitschig, gestellt, schön. Sie hob eine Hand, berührte die Scheiben, betrachtete alles und sich. Ihr Spiegelbild. Im Glas. Jetzt waren sie zusammen. Für einen kurzen Augenblick. Viel zu nah. Viel zu weit. Viel zu vergangen.

Diese Minuten gehörten nur ihr. Seit jeher. Seit dicsem Tanz vor der kleinen Hütte. Egal wie gut eine eventuell vorhandene Beziehung war. Wie tief oder intim. Sie drückte den Hebel noch ein kleines Stück nach links. In der Sekunde darauf schoss das Wasser nahezu heiß auf ihren Kopf. Zunächst gewollt, dann doch zu heiß. So korrigierte sie wieder die Temperatur. Hob ihr Gesicht in den nun wunderbar warmen Strahl. Für einen kurzen Moment schien sich die Sonne einen Weg durch die Wolken zu bahnen. Und die Tropfen den leisen Gesang des Regens zu imitieren. Aus genau jener Zeit vor der Hütte. Mit der Stimme ihrer *bá*. Und dem Lied, *Một con vịt xòe ra hai cái cánh. Nó kêu rằng.* Sie summte nur die Melodie. Da die meisten Textzeilen ihr entfallen waren. Doch das „*cáp cáp cáp*" und „*cạp cạp cạp*" kam, ohne zu zögern. Immer wieder. Nguyệt bewegte bei jedem *Quak Quak Quak* und bei jedem *Gack Gack Gack* ihre Beine, trippelte mit ihnen in der Pfütze zu ihren Füßen, tanzte, lachte, streckte die Hände empor, minutenlang, mit all den Bildern, den Erinnerungen im Kopf, hörte ein nahendes Summen, Brummen, schließlich ein Knirschen, links in ihrem Kopf. Und ein Blitz, grell, scharf und laut, wie der aus den Träumen, nur zur falschen Zeit, durchfuhr sie und ließ sie zucken. Die Hände plötzlich taub, schwer und schlaff. Sie versuchte einen Fuß zu heben. Für den nächsten Schritt in ihrem Tanz. Doch blieb er haften. Unbeweglich. Angeklebt. Als stecke er in Schlick. Ein Fluch aus ihrem Mund. Gurgelnd. Bleiern. Unverständlich. Hinter den Lidern suchte sie eine Hand. Thắngs Hand, die sie festhalten sollte, an der sie sich festhalten wollte. Und *má*. Ihr tröstendes Gesicht. Ihre schützenden Arme. *Hãy về đây bên anh! Anh yêu anh.*

Mit letzter Kraft hatte sie sich zur Arbeit geschleppt. Der Kopf wirr und pochend. Die Schuhe vertauscht. Trotzdem durchhalten. Nicht aussetzen. Nicht aufgeben. Nicht jetzt. Haltet euch fest! Bleibt ruhig! – *Được!* Es klappt! Getrieben von einem Mann hinter ihr. Durch seinen wedelnden Arm. Seine winkende Hand. Wo war das Tau? Wo war Thắng? Als drehte sie sich um, sucht sie ihre *má*. Nun dröhnten die lauten Worte: *Chạy! Nhanh lên!* Lauf! Schnell! Und sie war angekommen mit glasigem Blick, fehlenden Wörtern und einem falschen Leben im eigenen.

Eine Frau im weißen Kittel sprach auf sie ein. Nguyệt schaute sich um, versuchte sich zu orientieren, dies war nicht ihr Büro. Stunden später war jedoch klar: Ein apoplektischer Insult, ein Schlaganfall hatte alle Erinnerungen unauslöschlich in ihren Kopf betoniert. Und damit jeden einzelnen Grund dafür. Ihr Kopf rollte zur Seite und sie blickte aus dem Fenster eines weiß getünchten Zimmers. Zuvor war sie wohl eingeschlafen. Ohne

Erinnerung daran. Draußen nur der Himmel. Eintönig mit farblosen Schwaden. Die letzten Fetzen eines Traumes, unscharfe, gesichtslose Gestalten, die in ihm nahezu bewegungslos hin und her schwebten, zerstoben wie die nebeligen Watte- und Wolkenfetzen draußen vor dem weiß gerahmten Fenster. Geister aus einer nun bekannteren Zeit. Sie schaute aus den etwas verkratzten Scheiben, in denen sich das diffuse Tageslicht tausendfach brach. Suchte am unteren Rand nach Bekanntem, nach Dingen, die sie wiedererkennen konnte. Aber es gab keine Konturen, kaum eine Farbe, kaum etwas, das etwas anderes als den Himmel verriet.

Grau, trist und unbestimmt.

Einer nackten Leinwand ähnlich.

Wie für einen Neuanfang geschaffen.

Nguyệt schloss die Augen.

Farben sollten diesen begleiten.

Am besten Rot und Blau.

Đỏ, xanh lam, rot, blau, *đỏ, xanh lam …*

(Andreas Heßelmann, Tuschezeichnung von Rainer Simon)

1958, Duisburg, Niederrhein. Kaum drei Jahre alt, die ersten Märchenplatten, dann Jim Knopf, die ersten (Kinder)-Krimis von Enid Blyton und später die von Jean-Bernard Pouy. Eine von Anfang an spannende und überaus fesselnde Welt, in der ich versank, und die ich als Kind mit eigenen Figuren ergänzte. Meine Fantasie war angeregt. Das gilt auch heute noch. Ich wurde Buchhändler, schreibe seit 30 Jahren, erwecke Personen und Handlungen zum Leben und mache daraus Bücher, die ich gerne selbst lese. Das ist in meinen Augen entscheidend: Man sollte die eigenen Bücher mögen.

Rainer Simon

Einer der bekanntesten Zeichner, Cartoonisten und Illustratoren Deutschlands. Er arbeitete für das Handelsblatt, die Stuttgarter Zeitung und den Playboy. Illustrierte Bücher von Michael Ende für den Weitbrecht Verlag und gestaltete Bücher unter anderem von Gerhard Konzelmann, Arturo Pérez-Reverte und Salim Alafenisch. Rainer Simon gewann unzählige Preise und Auszeichnungen. – Er lebt in Böblingen.